도전을 두려워 하는
청춘은,
날개 잃은 새와 같다

옮긴이 **김진언**

목원대학교 국어국문과 졸업. 전문 번역가, 에이전트.
역서로는 《자신의 가치를 높여주는 삶의 지혜》, 《간소한 삶》, 《위
대한 의사들》, 등 다수가 있다.

도전을 두려워 하는
청춘은,
날개 잃은 새와 같다

2013년 8월 10일 1판 1쇄 인쇄
2013년 9월 10일 1판 3쇄 펴냄

지은이 | 새뮤얼 스마일스
옮긴이 | 김진언
기　획 | 김민호
발행인 | 김정재 · 김재욱

펴낸곳 | 나래북 · 예림북
등록 | 제 313-1997-000010호
주소 | 서울 마포구 합정동 373-4 성지빌딩 616호
전화 | (02) 3141-6147
팩스 | (02) 3141-6148
이메일 | scrap30@msn.com

ISBN 978-89-94134-28-4 13840

*잘못 만들어진 책은 구입하신 서점에서 교환해 드립니다.

*값은 뒤 표지에 있습니다.

나래북

인생에는 정답이 없다
오로지 달려가는 것뿐...

도전을
두려워하는
청춘은,
날개 잃은
새와 같다

새뮤얼 스마일스 지음 | 김진언 옮김

프롤로그

• 인생에는 정답이 없다.

오늘날 우리의 번영은 전부 물질과 돈에 의한 부를 척도로 평가되고 있다. 한때 세계에서 가장 근면한 민족이라고 자부했던 그 근면함이 지금의 물질적 번영을 가져다주었다. 그런 우리도 점차 변질되어 가고 있다. 근면함이 아니라 그 결과 얻게 된 부가 인생 최고의 목표인 양 착각하고 있기 때문이다.

그러한 우리에게 자신을 되돌아보게 하고 거기서 일어나는 고민에 꼭 맞는 해답을 주는 것이 바로 이 책이다.

이 책의 원제는 『인생과 노동에 대해서(Life and Labour)』로, 영국 출신의 작가 스마일스의 글이다.

스마일스는 1812년 12월 23일에 스코틀랜드에서 태어났으며 11형제 중 장남으로 자랐다. 의사 밑에서 조수로 일하며 에든버러 대학에서 공부를 계속했다.

그는 29세 때 아버지를 여의고 한때 학업을 중단했었으나 많은 자녀들을 거느린 어머니가 가난과 싸워 이겨 그의 뒷바라지를 했다고 한다. 마침내 의사 자격을 취득하여 개업했으나 그 후 저술의 세계로 들어선다. 그리고 '인생을 어떻게 살 것인가' 라는 과제에 대한 자신의 생각을 발표하여 저술가로서 명성을 얻게 된다. 그 책이 바로 베스트셀러가 된 『자조론』이다.

『자조론』을 포함하여 스마일스의 4복음서라고 불리는 것이 있다. 『인격론』, 『검약론』, 『의무론』이 그것이다. 그리고 그 4복음서와 함께 널리 독자를 얻은 것이 바로 이 책이다.

이 책은 9장으로 이루어져 있는데 그 내용을 살펴보면 일, 인간의 재능, 건강, 여가, 가정생활, 노년의 삶 등이 주요한 주제다. 요컨대 각자의 생활과 인생에서 돌아보아야 할 사항을 가르쳐주고 그것을 바탕으로 자신을 살펴서 어떻게 살아야 하는지를 생각하도록 하고 있다. 그의 주장은 중용이라고 해야 할지, 한도를 넘지 않는 삶을 원칙으로 삼고 있다.

무엇보다 중요한 것은 모든 일에 절도를 지키는 것이다. '중용'과 '쾌활함' 이 있어야 인생을 유익한 것으로 만들 수 있는 법이다. '강력한 지성에 건강의 꽃을 더하자' 는 말은 바로 그런 의미다.

의사이기도 했던 스마일스는 건강하게 사는 방법에 대해서 자세히 설명했으며 자신도 실천하여 92세까지 장수를 누렸다. 그것은 단순히 생리적인 건강법뿐만 아니라 정신적 건강법까지도 충분히 배려했기 때문이다.

스마일스의 복음서라 불리는 것 모두 많은 사람들에게 힘과 감동을 주었다. 그 내용은 결코 전혀 생각지도 못했던 방법을 가르치고 있는 것이 아니다. 인생을 살아가는 데 필요한 상식이자 정보다. 그러나 그것들이 한 개인이 지나는 인생의 통로에 늘어서게 되면 빛을 발하고 힘을 발휘하게 된다. 그런 의미에서 다시 한 번 스마일스의 말에 귀를 기울일 필요가 있을 것이다.

요즘에는 인간의 마음을 관찰하려는 기운이 성행하고 있는데 이는 참으로 다행스러운 일이 아닐 수 없다. 이것이 21세기의 끝자락에 어떤 결실을 맺을지는 아직 알 수가 없다. 그러나 인간이 자신의 인생에 가치를 두어야 한다는 사실은, 다른 사람의 인생도 그 가치를 인정해야 한다는 정신을 낳을 것임에 틀림없다.

아무리 시대가 바뀌어도 진리는 진리다. 조금 오래 전에 쓰여진 듯하지만 이 책을 통해서 인간과 인생의 가치에 대한 힌트를 얻기 바란다. 그리고 이 책이 당신 평생의 친구가 되기를 바란다.

역자

차례

PART 8

창조해 나가는 사랑

—단 한 번뿐이니, 인간답게

PART 9

인생은 한 권의 책

—'오래'보다 '잘' 살자

PART 01

인생은 나의 것,
괴로워도
진지하게 살아라

—일을 양식으로 삼자

1

내게 있어서
'일'이란 무엇인가?

사람의 일생은 일하는 것이라고 말할 수 있다. 평범한 사람이라면 일하고 있는 모습이 가장 자연스러운 모습이다. 인간으로 태어난 이상 적극적으로 일을 해야 하며 또 일을 하기 위해서 태어난 것이다. 정직하게 살아가는 사람에게 일이란 생활하는 데 있어서 반드시 필요한 것이다. 그러나 일은 단지 먹고살기 위해서만 필요한 것은 아니다. 모든 상황, 모든 인간관계 속에서 살아가기 위해 필요한 것이다.

다른 사람들이 열심히 일하고 있는데 어찌 혼자서만 게으름을 피울 수 있겠는가? 어떻게 해야 사회적 존경과 명예를 유지하고 책임을 완수할 수 있을까? 일을 통해서 사람들과의 접점이 생겨나고 사물을 있는 그대로 받아들일 수 있게 되니 일보다 더 좋은 교사는 없을 것이다.

예로부터 출세한 사람이란 주어진 일 가운데서 가장 근면하게 일하고 가장 열심히 연구하고 가장 과감하게 책임을 완수한 사람이다. 무릇 이 세상의 지혜와 학문, 문명 등 온갖 진보는 모두 인간의 손과 두뇌의 작용에 의해서 태어난 것이다.

실제로 가치 있는 것은 모두 수고라는 대가를 지불했다. 일을 하지 않으면 그 무엇도 이루어 낼 수가 없다. 정상에 선 훌륭한 사람이야 말로 끊임없는 노력과 불굴의 인내심으로 이름을 떨친 것이다. 천부적인 재능을 가지고 있어 젊었을 때부터 인정을 받은 사람이라 할지라도 수고라는 대가에서는 벗어날 수가 없다.

그러나 일은 단지 대가를 치르기 위해서만 존재하는 것이 아니다. 희망이 동반되면 일은 기쁨이 되기도 한다.

'일하지 않는 것만큼 피곤한 일도 없다.'고 성 아우구스티누스도 말했다.

'일 년을 위대하고 고매한 목표에 바칠 수 있는 자는, 그리고 현명한 지혜로 차분하게 계획을 세울 수 있는 자는 행복하다.'

그러나 일이 최대한으로 가치를 발휘하는 것은 숭고한 목표에서가 아니라 오히려 소소한 목표에서이다. 게으름은 성실하고 부지런하게 쌓아 올린 부를 그 절반의 시간 만에 소진해 버린다. 산스크리트의 속담 중에 '행운은 스스로 노력하는 용기 있는 사람의 편을 든다. 모든 것을 운명의 탓으로 돌리는 자는 겁쟁이다.' 라는 말이 있다.

게으른 자에게 여가는 생기지 않는다

인생에서 일어나는 어려움의 원인은, 그 대부분이 하루하루를 하는 일 없이 보내기 때문이다. 젊은이들을 따라다니는 최대의 위험은 게으름이라는 말도 있다. 젊은이들 중에는 노력이나 노력을 필요로 하는 일들은 전부 요령껏 피하는 사람들이 있다. 그러면서도 자신은 쓸데없는 인간이라거나, 혹은 게으름 때문에 앞길을 망쳐 버렸다고는 누구도 생각하고 싶지 않을 것이다.

일을 하지 않는 게으른 사람은 기뻐하는 힘마저 잃어버리고 만다. 하루하루가 휴일과 다를 바 없다면, 편안히 쉬기 위한 여가가 있을 리 없다. 그저 '감이 떨어지기를 기다리기반 하는' 생활방식에서는 아무것도 태어나지 않는다. 시간만이 바람처럼 지나가는 속에서 그들은 변함없이 게으름을 탐닉하고 있을 뿐이다.

크랩 로빈슨이 말한 것처럼 "게으르다는 말을 듣는 사람은, 오히려 무능력함을 무의식중에 느끼고 있는 상태에 지나지 않는다."

고 할 수 있다.

제레미 테일러의 말은 더욱 신랄하다.

"게으름은 사람을 산 채로 매장하는 것과 다를 바 없다. 게으른 사람은 신에게도 인간에게도 전혀 도움이 되지 않으며 죽은 자와 다를 바 없다. 세상의 변화와 요구에도 전혀 신경을 쓰지 않는다.

게으른 사람은 그저 시간만 낭비하며 이 세상의 과실을 탐하기 위해서 살아가는 기생충이나 승냥이와 다를 바 없다. 머지않아 때가 오면 그저 죽어 갈 뿐, 그때까지 사회에 아무런 도움도 되지 못한다. 땅을 가는 일도 없으며 짐을 옮기는 일도 없다. 그들의 존재는 아무런 도움도 되지 않으며 오로지 유해할 뿐이다. 참으로 게으름이라는 것은 이 세상에서 가장 쓸모없는 것이다."

'소인배는 한가하면 악을 행한다'

일은 사회의 목적으로서 필요하다고 고대 그리스의 현인들은 주장했다. "일하지 않는 자는 심판을 받아야 한다."고 솔로몬은 말했다.

그리고 '게으른 자는 도둑과 같다.' 는 엄격한 말도 있다.

어쨌든 일이 범죄라는 병의 가장 좋은 치료약이라는 것만은 틀림없는 사실이다. 오래 된 속담에도 '게으른 머리는 악마의 일터'라는 말이 있는 것처럼 게으른 생활을 하면 변변한 것을 배우지 못하게 된다.

　조금도 일하지 않고 오로지 자신과 관계된 것에만 매달리는 사람은 비난을 받아 마땅하며 오히려 가엾게 생각해야 한다. 스스로 무지에 안주하거나 사치스러운 생활을 하는 것만큼 무서운 일도 없다. 안일한 생활은 인간의 품성을 철저하게 타락시키며 활력을 빼앗아 마치 병에 걸린 것처럼 만들어 버린다.

시간은 금, 목적 달성을 위해 철저하게 이용하라

　아리스토텔레스는 행복이란 일종의 에너지라고 역설했다. 평소 유심히 관찰을 해보면 행복과 건강은 게으름과 함께 공존할 수 없다는 사실을 분명히 알게 된다. 덧없이 유행을 따르며 시간을 주체하지 못하는 경박한 삶은, 행복과 결코 공존할 수가 없다.

　사람은 누구나 살아 있는 한 행복을 손에 넣고 크게 성장해 나갈 기회를 얻는다. 시간은 바로 그것을 위해서 활용해야 한다. 덧없이 흘러가는 시간을 충실한 것으로 만듦으로 해서 수많은 성과를 얻을 수 있다.

　짧은 시간을 이용하면 놀랄 정도로 많은 일들을 할 수 있다. 달아나는 시간을 일른 붙잡아 시간 속에 묻혀 있는 보물을 캐내야 한다. 청년의 시간은 금, 장년의 시간은 은, 노년의 시간은 동이니……. 스무 살에 아무것도 모르는 사람은 서른 살이 되어서도 아무것도 하지 못하며 마흔 살이 되어도 아무것도 남지 않는다.

　러스킨은 다음과 같이 말했다.

　"인간은 다음 세 가지로 나눌 수 있다. 가장 좋지 못한 인간은 욕심이 많고 이기적이어서 아무것도 보지 않으며 아무것도 느끼지 못한다. 중간의 인간은 고상하고 배려심이 있다. 그러나 결과나 행동을 기다리지 않으면 보지도 느끼지도 못한다. 최고의 인간은 결심한 일에 시선을 고정시키고 그 목적 속에 자신의 모든 것을 몰입할 줄 아는 인간이다."

　시간을 잘 지키고 꼼꼼하다는 것은 인생의 선물이며 재능 중 하나라고 해도 좋을 정도다. 제아무리 우수한 사람이라 할지라도 이 재능이 없으면 성공할 수 없을지도 모른다. 평소의 생활 속에서도, 예를 들자면 생계를 위한 장사나 일을 할 때도 시간의 가치를 잘 생각해서 주의를 게을리 해서는 안 된다. 실제로 시간관념이 없는 사람은 일 년 내내 안절부절 못하며 조바심을 태우게 될 것이다.

2

역경이 가지고 있는
위대한 힘

인생에 필요하다고 여겨지는 것들은 그것을 소유한 사람이 좋아하는 것만 골라 취하지 않는다면 무엇 하나 도움이 되지 않는 것이 없다. 그것으로 해서 우리는 자기 자신뿐만 아니라 주위 사람들까지도 진보시키고 향상시킬 수가 있다 그러나 그를 위해서는 인내심을 가지고 우리의 인격과 지성을 활용할 필요가 있다.

줄리아 웨지우드는 다음과 같이 말했다.

"모든 지적 재능 가운데서도 좀처럼 보기 힘든 것은 지적 노력이다. 우리가 살아가는 데 있어서 가장 중요한 과제가 되는 것은 고난이라는 눈에 보이지 않는 것의 가치를 믿는 것이다.”

오늘의 고난이 내일의 나를 강하게 한다

훌륭한 재능이나 지혜를 가진 사람은 여럿 있다. 하지만 그 재능을 살리려면 끊임없는 노력이 필요하다. 베이컨, 뉴턴, 와트, 피트, 웰링턴, 팔머스톤, 스코트, 바이런, 새커리 등에게는 공통적으로 어떤 메커니즘이 갖춰져 있었다. 그것은 그들이 전부 누구에게도 뒤지지 않을 만큼 일을 했다는 점이다. 과학, 정치, 문학 등 어떤 분야에서든 정상에 선 사람이 그 지위를 유지하고 향상시키기 위해서는 끈질긴 인내심과 노력이 없어서는 안 된다.

“천재가 천재인 이유는 그 비할 데 없는 인내력에 있다.”고 뷔퐁은 말했는데 참으로 정곡을 찌른 말이다.

그들은 결코 주저앉지 않으며 포기할 줄도 모른다. 1분 1초를 아껴 가며 일을 한다. 그야말로 “단 하루도 연속되지 않는 날은 없다.”는 그리스의 화가 아펠레스의 교훈 그대로이다.

칠전팔기의 정신이 모든 길을 개척한다

지적 관찰을 끊임없이 계속하는 것이 뉴턴의 습관이었다. 와트도 “어떤 것이 틀렸는지를 발견해 냄으로 해서 어떤 것이 옳은지를 규명해 내지 않으면 안 된다.”고 말했다.

끈기 있고 냉정하게 관찰하여 그 결과를 면밀하게 고찰하고 분석할 줄 아는 사람이 후에 위대한 발명이나 발견을 하게 된다. 그와 같은 사람들이 과학뿐만 아니라 예술, 문학, 법률, 정치, 생리학 등 어떤 분야에서나 그 연구 주제를 좌우하는 본질적인 사실을 밝혀내는 법이다. 이론은 인간이 만들어 내는 것이지만 진실에 바탕을 둔 사실은 신의 것이다. 끊임없이 사실을 지켜보는 습관은, 잃어서는 안 될 소중한 재능 중 하나다.

뉴턴은 "만약 내게 남들보다 뛰어난 점이 있다면 그것은 오직 하나, 납득할 수 있는 해결 방법이 발견될 때까지 그 문제를 생각하고 끊임없이 그 문제에 몰두하고 거듭 질문을 던질 수 있다는 능력이다."라고 말했다.

셰익스피어가 이아고의 입을 통해서 들려준 대사야 말로 지혜란 이런 것이라는 말의 표본이다.

"사람이 이렇게 되는 것도, 저렇게 되는 것도 전부 자신에게 달린 일이야. 육체가 바로 정원이고 뜻이 바로 정원사지. 거기에 쐐기풀을 심든, 상추를 뿌리든, 박하를 자라게 하고 사향초를 뽑아내든, 한 종류만 심든, 여러 종류를 심든, 관리를 게을리 해서 말라 버리게 하든, 부시런히 비료를 주든 결정하는 것은 자신의 의지야."

물론 이아고는 밉살맞은 인물일지 모른다. 하지만 이처럼 멋진 비유를 남겨 준 데 대해서는 감사를 하지 않으면 안 될 것이다.

재능은 끊임없이 갈고 닦아야만 참된 것이 된다

그렇다, 바로 의지의 힘이다! 그러나 의지에는 용기, 그것도 강한 인내심을 가진 용기가 없어서는 안 된다. 고난에 부딪친다 할지라도 그것에 저항하여 밟고 일어 설 인내심이 필요하다. 인내심이란 몸으로 익힌 에너지와 같은 것이다. 끈질긴 노력을 현명하게 쉬지 않고 계속한다면 머지않아 그것이 성공으로 이어질 것이다.

장애를 얼마나 잘 극복할 수 있느냐 하는 것은, 어떤 결정된 목표점을 향해서 생각대로 최대한의 힘을 집중시켜야 한다는 역학적 법칙에 지배를 받는다. 만약 자신이 남들보다 체력적으로 뒤떨어진다고 생각한다면 남들보다 시간을 들여서 보다 집중적으로 하면 된다. 그렇게 하면 틀림없이 약점을 극복할 수 있을 것이다.

인간의 재능이란 젊었을 때는 주위 사람들은 물론 본인 자신조차도 알 수 없는 것이 일반적이다. 몇 번의 시련을 거쳐야만 비로소 다른 사람들이 이미 성공을 거둔 분야에서 자신도 대등하게 경쟁해 나갈 수 있겠다는 자신감이 솟아오르게 되는 법이다.

산속의 바위틈에서 솟아오른 샘물이 계곡이 되고 시내가 되고 곧 도도하게 흐르는 강물이 되고 마지막으로 깊이를 알 수 없는 바다의 일부가 되는 것은 쉬지 않고 오로지 돌진하는, 바로 그것에 의해서만 가능한 것이다.

그런데 대부분의 사람들은 한 번 역경에 부딪치면 바로 낙담을 해 버린다. 대부분의 경우 역경이야말로 우리의 참된 아군임에도 불구하고.

러스킨은 이렇게 말했다.

"헤라클레스는 언제나 머리에 사자 가죽을 쓰고 그 발톱이 턱 바로 밑으로 늘어지도록 했다. 그것은 곧 이런 의미다. 우리가 일단 고난에 승리를 거두면 그 반대로 고난이 우리 편이 되어 준다는 뜻이다."

커다란 사건 그 자체는 결코 절대적인 것이 아니다. 그것에 의해서 어떻게 변하는가 하는 것은 개개인의 자질과 성격에 달린 것이다. 고난은 곧 성공으로 가는 발판이라고 일컬어지고 있다. 겁쟁이에게는 깊이를 알 수 없는 심연으로밖에 보이지 않는 고난도 재능이 있는 사람에게는 보물과도 같은 가치를 지닌다. 뛰어난 자질과 덕을 가지고 있으면서도 많은 사람들이 출세하지 못하고 묻혀 버리는 것은 행복한 인생의 앞길을 가로막는 것을 한 번도 만난 적이 없다는, 오직 그 하나의 이유 때문이다. 모든 것은 본인의 의지와 진취적인 기상에 달려 있다. 의지만 있다면 방법은 그다지 문제될 것이 없다.

인생이란 진보이며, 사람은 언제나 보다 좋은 것을 찾아 노력한다

환경은 진실에 대한 가장 좋은 스승이다, 인생을 자극하고 잠들어 있는 능력을 일깨우며

신념, 복종, 인내를 불러일으킨다

역경 속에서 힘을 축적하자

아무런 일도 없이 일생이 지나간다는 것은 있을 수 없는 일이다. 전진 아니면 후퇴가 있을 뿐이다. 눈앞에 장벽이 있다면 그것을 넘어 나아갈 수밖에 없다. 그것이 아무리 어렵게 여겨진다 할지라도.

필립 시드니 경의 좌우명인 '스스로 길을 발견하라, 아니면 스스로 길을 만들어라.' 라는 것은 참으로 지당한 말이다.

안일한 삶 속에서는 빈약한 인간밖에 자라나지 못한다. 고난이 사람을 참된 성인으로 만들어 준다. 많은 사람들이 역경을 극복한 뒤에 지금의 행운을 잡은 것이다. 고투 속에서 최고의 힘을 발휘했다. 다시 말해서 살아가면서 피하기 힘든 환경의 급격한 변화에 얼마나 잘 적응하느냐에 따라서 그 사람의 크기가 결정되는 것이라고 말해도 좋을 것이다. 나쁜 쪽으로의 변화라면 그것은 더욱 분명해진다. 어느 날 갑자기 환경이 급변하여 의지할 상대도 없이 모든 것을 자기 혼자 힘으로 헤쳐 나가야 하게 되었다고 하자. 바로 그러한 경우에 생각지도 못했던 재능이 발견되곤 하는 법이다. 사람은 대부분의 경우 그러한 일을 계기로 이름을 떨치게 되며 세

상에 알려지게 되는 것이다.

고난은 철의 손으로 다루는 묵직한 가래와 같은 것으로 완고한 토양에도 깊이 파고든다. 그렇기 때문에 그 가래는 자연의 비옥함을 충분히 퍼지게 하여 곧 풍성한 수확을 가져다준다. 타인이 보이는 노골적인 적의조차 최고의 선물이라고 생각하면 된다. 적의는 사람을 강하고 끈기 있고 정력적으로 만들어 주지 않는가. 이렇게 생각한다면 우리의 적들은 동시에 친구이기도 한 것이다.

어떤 사람은 배짱이 두둑하다고 한다. 그러나 인내력을 함께 갖고 있지 못하다면 야만스러울 뿐이다. 그저 감정이 이끄는 대로 살다가 죽는다면 인간으로서의 향상은 조금도 찾아볼 수 없을 것이다. 오로지 쉬지 않고 노력을 계속하는 것—역경의 한가운데서도— 속에서 위업은 비로소 태어나는 것이다.

3

일의 질을 높여 주는
여가의 효용

지금까지는 일을 한다는 사실이 얼마나 멋진 것인지에 대해서 이야기했다. 지금부터는 여가의 효용에 대해서 이야기하기로 하겠다.

'노동이 없는 곳에 여가는 없다.'는 것은 참으로 옳은 말이다. 그러나 개중에는 지나치게 일을 많이 하는 사람도 있다. 일하는 것이 습관이 되어 여가를 즐기는 여유를 잃어버린 사람들. 평생을 오로지 억척스럽게 일만 하며 보내는 사람들은 인간적인 매력의 소유자가 될 수는 없다.

일을 잘하는 사람이 여가도 잘 활용한다

휴가는 조만간 한꺼번에 몰아서 잡자며 오로지 일에만 힘을 쓰는 사람은 언젠가 돈이 모여도 그때는 어떻게 즐겨야 좋을지를 모르게 된다. 즐거운 여가는 그야말로 그림의 떡, 때를 놓쳤다는 건 이런 경우를 두고 하는 말이리라.

일 이외에는 눈도 돌리지 않는 사람은 정신적으로도 불완전하다. 그들은 즐기는 방법이 얼마나 많은지조차도 알지 못한다. 자유롭게 사물을 보지도 못하게 되어 간다. 머리는 언제나 하나의 틀, 그것도 좁은 틀 속에서만 움직이기 때문에 쉴 수조차 없다. 가끔 여가를 갖게 돼도 그들에게는 아무런 도움도 되지 않는다. 마치 일에서 물러났던 초 만드는 사람처럼 '인생의 황혼' 을 맞이해서도 다시 원래의 일로 돌아가겠다고 말하게 될 것이다.

일도 그저 고생을 하기만 하는 것이라면 반드시 복음이라고는 말할 수 없다. 그저 힘만 들 뿐이라면 기쁨도 없으며 상쾌한 기분도 들지 않을 것이다. 아니 그런 기분은 절대로 맛볼 수 없다고 해도 좋을 것이다. 일 자체가 인생의 최종목표가 될 수는 없다. 다시 말해서 일 그 자체에 목적이 있는 것이 아니다. 하물며 이 세상에서 가장 가치 있는 것이라고는 결코 말할 수 없다.

하지만 자립한다는 것은 정직하게 일해서 자기 자신을 책임지는 것이며 사회에 대한 빚을 갚는 것이기도 하기 때문에 역시 훌륭한 일이기는 하다. 다시 말해서 일하는 것이 나쁜 것이 아니라 얼마간 돈을 벌어서 그것을 다 쓸 때까지 아무것도 하지 않고 게으른 생활을 하는 것이 어리석은 것이다.

발자크는 이렇게 말했다.

“이 세상에서 몇 천 톤의 쾌락을 모아 온다 할지라도 그것이 모두 끝났을 때 우리의 빚을 갚아 주지는 않는다. 따라서 우리가 해야 할 것은 오로지 일, 일, 일이다.”

이마에 땀을 흘려야만 수확도 얻을 수 있는 법이다. 부는 사람을 타락시키고 그 성격까지도 일그러지게 한다.

그렇다면 가난은 어떨까? 가난은 사람의 기력을 앗아가며 마치 가시가 돋친 침대에서 잠을 자는 것 같이 불안한 잠밖에 주지 않는다. 정직하고 깨끗한 마음으로 살고 싶어도 그렇게 할 수 없게 된다.

다시 말해서 모든 것은 적당한 것이 좋다는 뜻이다. 일이라는 것은 일 그 자체를 위해서 존재하는 것이 아니다. 오히려 높은 목적, 예를 들자면 정신의 교화, 능력의 향상, 삶에의 정당한 기쁨 등과 같은 것을 위해서 활용해야 하며 또 그렇게 해야만 비로소 존귀한 것이 되는 것이다. 앞으로 이야기하겠지만 문학이나 과학 분야에서의 위업은 대부분 하루하루 평범한 사람 이상의 일을 행한 사람들에 의해서 성립된 것이다.

과도한 중압감 속에서 지나치게 일을 하는 것은 평화롭고 행복한 생활을 해치는 원흉이다.

"현명한 사람은 원하는 대로 이것을 좇고, 저것을 추구한다. 특별하게 빠져들 만한 것이 없는 사람에게는 모든 것이 귀찮은 일, 따분한 일로 보인다."고 베이컨은 말했다.

그리고 "아둔한 사람과, 다른 적임자에게 맡기기를 거부하는 분수 모르는 야심가를 제외한다면 가장 잘 움직이고 가장 잘 일하는 사람이 자신의 일을 하면서도 자유로운 시간도 한껏 누리고 있다는 것은 의심의 여지도 없는 사실이다. 그것은 예전에도 그랬던 것처럼 앞으로도 그럴 것이다."

감동하는 마음과 탐구심이 인생의 즐거움을 더해 준다

중요한 것은 일에 다채로움을 더하는 것이다. 한 가지 일을 하고 나면 나머지 시간에는 편안하게 여러 가지 분야로 손을 뻗어 보자. 이것이 여가를 즐기는 올바른 방법이자 우아하고 빛나는 인생을 보내는 비결이기도 하다. 휴일도 이렇게 해서 즐길 수 있으며 사용되지 않고 잠들어 있던 재능을 살릴 수도 있다. 변화가 많은 일은 기쁨의 근원이 되고 즐거움도 생기 넘치는 것이 되며 인생에 끊임없는 휴일을 제공해 준다.

여가를 유효하게 사용하며 즐기는 방법은 얼마든지 있다. 자연 속에는 끝없이 흥미를 자극하는 것들이 있다. 그 풍요로움이나 다양함을 그저 관찰하는 것만으로도 재미가 있다. 그 변화를 세밀하게 관찰할 수도 있으며 그 비밀에 깊이 파고드는 것도 역시 즐거운 일이다. 동물, 식물, 광물……, 그 영역은 무한하며 과학적 탐구의 범위는 끝이 없다.

그리고 책을 좋아하는 사람을 위해서는 광범위한 장르의 작품들이 기다리고 있다. 고대부터 현대에 이르기까지의 인류의 역사는 개인적인 즐거움을 줄 뿐만 아니라 세계 문명의 발전을 위해서는 어떤 형태의 지배, 교육, 통치가 가장 좋은지를 가르쳐준다. 그리고 전부 읽어 낼 수 없을 정도로 많은 문학작품—전기, 시, 희곡—은 모두 가슴 설렐 정도로 흥미로운 것들뿐이다.

이탈리아 최고의 화가와 시인들은 서로 그 전문 분야를 교환했다고 한다. 어떤 때에는 미켈란젤로가 시작에 몰두했으며, 또 어떤 때에는 단테가 펜 대신 붓을 쥐는 형식으로. 두 사람은 이렇게 해서 머리를 쉬게 했다.

다 빈치나 미켈란젤로는 다채로운, 만능이라고 해도 좋을 정도의 예술가들이었다. 두 사람 모두 회화, 조각, 건축, 공학 등 여러 가지 분야에서 누구에게도 지지 않을 정도의 재능을 발휘했다.

몸을 움직임으로 해서 변화를 더한 두뇌노동자들도 적지 않다.

그들이 사슴 사냥이나 꿩 사냥에 흥미를 느낀 것도 사냥감을 잡아 즐기기 위해서라기보다 오히려 건강을 위해서였던 경우가 많았다. 퀘이커교도였던 애시워스는 사냥을 많이 하지는 않았지만 히스 수풀을 헤치며 꿩을 쫓는 즐거움은 그야말로 생명의 세탁과도 같은 것이라고 말했다.

변화하는 자연에 마음의 귀를 기울이면 뜻밖의 수확을 얻을 수 있다

또한 조용한 스포츠를 즐기는 사람에게는 낚시가 가장 좋다. 뛰어난 분석으로 유명한 철학자 페일리의 취미가 바로 이 낚시였다. 페일리는 논쟁상대를 물리치듯 미끼인 작은 벌레를 낚싯바늘 끝에 끼웠다. 화학자인 험프리 데이비 경은 제물낚시를 써서 낚시를 즐겼다.

"낚시의 목적은 정신의 단련이다."라고 데이비는 주장했다.

"낚시에는 인내, 극기심, 관용이 요구되기 때문이다. 그리고 자연과학과의 관련성에 대해서 이야기하자면, 우선 물고기나 미끼로 쓰는 곤충에 대해서 그 종류와 성질 등 상당한 지식이 필요하다. 그리고 날씨의 변화, 바다와 강의 성질, 대기의 모습 등과 같은 것에 대해서도 잘 알고 있지 않으면 안 된다.

시적인 면을 생각해 보기로 하자. 낚시는 소박하고 아름다운 풍경 속으로 우리를 유혹한다. 산속에 자리 잡은 호수, 높게 솟아 이어지는 능선, 그 사이를 뚫고 흐르는 맑은 계곡, 종유동굴에서 솟아 나오는 청량한 샘물.

무료하고 울적한 겨울이 지나면 상큼한 초봄이 찾아온다. 맑은 강물을 따라 걸으면 얼마나 즐거운가? 서리는 사라지고 태양이 지면과 물을 덥혀 준다. 산뜻한 새싹들이 일제히 머리를 내밀고 있다. 제방에는 제비꽃의 달콤한 냄새가 감돌고 있으며 앵초와 개양귀비 꽃도 더해져 마치 보석처럼 찬란하게 빛나고 있다. 나무 밑의 어린 풀들을 밟으며 한가로이 거닐고 있자면 꽃들 속에서 꿀벌들의 노랫소리가 들려온다.

거기에 조용하고 평온한 저녁노을. 개똥지빠귀의 즐거운 지저귐과 나이팅게일의 아름다운 울음소리가 밤의 선율을 연주하여, 장미와 인동덩굴로 채색된 수풀 속을 커다란 애정으로 감싸준다.”

4

순수한 영혼은
'근면'에서 태어난다

배로 박사의 일생은 그 무엇보다도 훌륭한 표본이다. 박사만큼 학자로서, 그리고 신사로서 근면했던 사람도 드물 것이다. 박사는 근면함을 주제로 한 글에서 두 개 항목은 일반론으로, 나머지는 가가 기독교인이 근면함, 학자의 근면함, 박사의 근면함이라는 식으로 총 다섯 개 항목으로 나누어 논했다.

"학문을 익히고 희망, 절제, 인내, 만족 등과 같은 지고의 덕을 키워 나가는 데 있어서 없어서는 안 될 것은 근면함과 노력이다. 힘든 여행을 하거나, 험한 산의 정상을 정복하거나, 버거운 적과 싸우거나, 격전을 참고 견디거나, 이기심이나 욕망을 억제하거나, 재능·기지를 엄격하게 제어하거나. 다시 말해서 스스로 고생을 추구하는 것, 이와 같은 모든 일들이 덕의 실천으로 이어지는 것이다. ……

근면함은 대범하고 순수한 영혼의 징표다. 그것은 또한 어설픈 것에는 눈길도 주지 않고 참으로 가치 있는 것만을 목표로 삼고, 그것을 위해서는 어려움과 장애에도 아랑곳하지 않고 용기를 가지고 힘껏 목표를 이루려 하는 뛰어난 인간성을 이야기해주는 것이기도 하다. 근면함은 자신의 생계나 생활의 편의를 타인의 수고나 관대함에 의지하지 않겠다는 용기를 나타내는 것이다. 사회에 충분한 보상도 하지 않고, 혹은 자신이 빌린 것에 합당한 만큼의 많은 봉사나 자선도 하지 않고 사회로부터 생활의 양식을 갈취하는 사람—다시 말해서 타인의 수고나 노력에 의한 과실을 낚아채는 사람—을 경멸해야 한다. 고결한 영혼을 가진 사람이라면 일벌이 고생해서 모아 온 꿀을 먹으며 살아가는 수벌이나 쌀 창고에 꼬이는 쥐, 혹은 작은 물고기들을 잡으러 다니는 상어 같은 삶을 좋아할 리가 없다. 자신의 양식은 자신의 힘으로 마련해야 하는 법이다.

실제로 근면하면 근면할수록 여가는 더욱 즐거운 것이 된다. 감미로운 조미료로 맛을 내는 것이라고 할 수 있다. 마치지 못한 일이나 의무가 있으면 충분한 만족감을 얻을 수 없으며 여가를 마음껏 즐길 수도 없다. 전력을 다해서 일을 끝내 놓으면 마음껏 쉴 수 있으며 취미에도 몰두할 수 있다. 식사도 더욱 맛있어진다. 오락과 기분전환은 활달한 기쁨으로 넘치고 수면은 깊고 편안한 것이 된다. 그야말로 '수고한 자는 편히 잘 수 있다'는 성 바울의 말 그대로라고 할 수 있다."

'구르는 돌에는 이끼가 끼지 않는다.'

한편 소극적인 것이기는 하지만 근면함에는 사람을 좋지 않은 영향에서 멀어지게 한다는 이점도 있다. 바쁘게 일을 하다 보면 악마에게 유혹할 틈을 주지 않게 되는 법이다.

"열심히 수행하는 수도승을 노리는 악마는 한 마리다. 그러나 게으른 수도승은 수많은 악마들이 노린다."라고 카시안은 말했다.

게으름은 인간의 자질 중에서도 가장 좋지 않은 것이다. 게으른 자는 사회에 필요 없는 사람들이다. 아니, 뿐만 아니다. 그런 사람들은 사회의 쓰레기이자 짐짝이다. 소비하기만 할 뿐 아무것도 만들어 내지 못한다.

솔로몬노 "게으른 자의 길은 가시울타리를 따라 이어진다. 게으르면 건물은 무너지고 손을 쉬면 집도 기운다."고 말했다.

덕을 지키며 결백하게 살아가려면 근면할 수밖에 없다. 근면함은 이 세상 모든 죄와 악덕의 침입을 막으며 마음 깊은 곳으로 통하는 오솔길을 지키고 우리를 악덕으로 끌고 가려 하는 악마의 속

삭임을 물리쳐 준다.

그런데 우리에게는 관리해야 할 재산이 있는 것일까? 자신의 재산을 자신이나 가족을 위해서뿐만 아니라 사회를 위해서 현명하게 쓰기 위해서도 근면함이 없어서는 안 된다. 우리는 존경을 받고 있으며 좋은 평판을 얻고 있을까? 지금의 어떤 지위를 유지하고 향상시켜 나감과 동시에 주위 사람들에게 조금이라도 좋은 표본을 보이기 위해서는 근면함이 없어서는 안 된다.

아무리 집안이 좋고 고귀한 출생이라 할지라도 근면함이라는 의무와 권리를 포기할 수는 없다. 만약 그들이 자신의 권리는 게으르게 생활하는 것이라고 생각하고 있다면 그 권리는 얼마나 불행한 것인가? 다시 말해서 그런 사람들은 아무런 가치도 없는 무용지물이며 또한 사회에 아무런 봉사도 할 수 없으니 행복해질 자격 따위 어디에도 없는 것이다.

5

'남자다움'의
조건

참된 남자다움이란 지위나 계급으로 결정되는 것이 아니다. 온
화하고 예의바르며 관용적이고 인내심 강한 사람이라면 누구나
그런 말을 들을 자격이 있다. 아랍 유목민의 텐트 속에서, 혹은 농
가의 소박한 오두막 속에서 예의바른 사람을 만났다고 해서 신기
해할 이유는 어디에도 없다. 예의바름이란 아첨이나 위선과는 달
리, 타인에 대해서 자연스럽고 진심이 담긴 남자다운 경의를 표하
는 것을 말한다.

재산 역시 남자다움과는 아무런 관계도 없다. 가장 겸허한 말투

와 정신을 가진 사람이야말로 참된 남자다. 그것은 정직하고 성실하며 기품 있고 용기가 있으며 자부심이 있고 활력 넘치는 사람이라고 바꿔 말해도 좋을 것이다. 넉넉한 마음을 가진 가난한 사람은 모든 면에서 좁은 마음밖에 가지고 있지 않은 부자보다 낫다.

성 바울의 말을 빌리자면 전자는 '아무것도 가지고 있지 않으면서 모든 것을 가지고 있는 사람'이지만 후자는 모든 것을 가지고 있으면서도 실제로는 아무것도 가지고 있지 않은 사람과 다를 바 없다. '가난함'이라는 말은 마음이 가난한 자를 가리킬 때에만 써야 한다. 풍요로운 마음을 가지고 주위 사람들의 신뢰를 얻고 있으며 하찮은 일에 신경을 쓰지 않는 사람만이 참으로 남자다운 사람이라고 불릴 만한 가치가 있다.

쾌활함은 아름다운 마음의 반영

선천적인 고결함, 예의바름이라는 것이 있는데 그것은 관대하고 뛰어난 정신에 깃드는 법이다. 설령 사회적 지위가 아무리 낮다 할지라도 이러한 자질을 가지고 있는 사람들은 적지 않다.

최고의 예의바름은 쾌활함이다. 이것은 노소를 불문하고 누구에게나 어울리는 것이며 언제 봐도 기분 좋은 것이다. 그리고 몸에 지니면 무엇보다도 훌륭한 장식품이 된다. 그도 그럴 것이 쾌활함은 황금 속에 박힌 루비나 다이아몬드 이상으로 그 주인을 꾸며 주기 때문이다. 쾌활함에는 돈이 한 푼도 들어가지 않지만, 그

가치는 헤아릴 수조차 없다. 그 주인을 행복하게 해주고 주위 사람들까지 행복으로 가득 차게 해주니.

쾌활함은 인간이 가진 가장 훌륭한 자질 중 하나다. 쾌활한 사람은 타인에 대해서 이것저것 따지지도 않으며 무턱대고 타인을 비난하지도 않는다. 다른 사람의 결점을 파헤치지도 않으며 트집을 잡지도 않고 언제나 즐거운 화제로 대화가 즐겁다. 그들은 남을 배려하는 말을 하며 부드러운 감정을 키우고 사회의 온갖 관계를 상쾌한 것으로 만들어 준다.

쾌활함은 아름다운 마음의 반영이며 용모의 아름다움과 마찬가지로 그 주인에게 원하는 모든 것을 가져다준다. 뿐만 아니다. 마음의 아름다움이란 용모의 아름다움과는 달리 시들 줄을 모른다. 그 증거로 노인에게서 볼 수 있는 쾌활함만큼 아름다운 것도 없지 않은가?

"명랑한 마음은 보기 좋은 표정을 만든다."고 솔로몬은 말했다. 그리고 "명랑한 마음에는 좋은 약과도 같은 효과가 있다."고도 말했다.

쾌활함은 남자다운 삶에 없어서는 안 될 것이다. 그리고 그것은 모든 점에서 성공의 원천이기도 하다. 망상을 내쫓고, 커다란 일을 하다 보면 만나게 되는 난관을 극복하기 위해서도 쾌활함이 빚어내는 유연한 정신은 반드시 필요한 것이다. 쾌활함은 만족스러운 정신, 순수한 마음, 친절하고 사랑스러운 인품을 말해 주는 것이다. 혹은 겸허함과 배려심, 타인에 대한 관대한 평가나 자신에 대한 진솔한 평가라고 바꿔 말해도 좋을 것이다.

도량을 크게 해주는 '동정심'

선행은 특별히 뛰어난 행위에 의해서 드러나는 것이 아니라 오히려 일상의 사소한 배려, 평소의 조그만 친절, 주변 사람들과의 바람직한 사귐 등과 같은 것을 통해서 드러나는 법이다. 조그만 시냇물은 용솟음치는 폭포보다 훨씬 더 의미가 있는 법이다. 시냇물은 언제나 조용히 평화로운 아름다움을 간직한 채 흘러간다. 그러나 커다란 폭포가 떨어지는 곳에서 기다리고 있는 것은 파멸과 파괴뿐이다. 이것은 우리 인생에도 그대로 적용되는 말이다.

동정에는 모든 것을 부드럽게 하고 조화롭게 하는 작용이 있다. 동정의 힘을 빌려야만 주위 사람들에게 관대해질 수 있다. 사람들이 가지고 태어난 도량의 크기는 각자의 동정심의 크기에 따라서 결정되는 법이다. 동정심이 없으면 아무리 인격을 배양하고 향상시키려 노력해도 틀림없이 실패로 돌아가고 말 것이다.

많은 사람들이 자신들만의 이익, 불이익을 생각하여 당연히 은인으로서 보답을 해야 할 사람에 대해서는 전혀 신경도 쓰지 않고 이기적인 즐거움이라는 좁다란 판자 위에서 아등바등하고 있다. 많은 사람들이 저차원적인 범인의 영역에서 벗어나지 못하는 것도 이 좁다란 판자 위에서 발을 헛디딜까 두려워하고 있기 때문이다. 따라서 동정심의 결여에서 오는 잔소리꾼, 트집쟁이 등과 같은 무리가 이 세상에 끊이지 않는 것도 당연한 일이다.

'진짜'와 '가짜'의 차이는 행동에 배어난다

남자답기 위해서는 기품 있는 행동이 요구된다. 참된 남자라면 갚을 방법도 없으면서 돈을 빌리거나 하지는 않는다. 자신보다 가난하다고 생각되는 사람에게서 용돈이나 생활비를 뜯어낸다는 것은 있을 수도 없는 일이다. 필요 이상으로 꾸미고 화려한 옷이나 인조 보석을 과시하는 것은 그저 겉모습만 꾸미려 하는, 허울만 좋은 남자에 지나지 않는다. 이 같은 사람들은 단순한 위선자에 지나지 않는다. 하지만 가짜를 진짜처럼 보이게 하려는 그들의 속셈 따위는 보통 간단히 간파당하고 마는 법이다.

뛰어난 남자들은 한눈에 상대방의 자질을 꿰뚫어 볼 줄 안다. 서로의 눈빛을 보기만 해도 의기투합하여 악수를 나눈다. 상대방도 자신과 마찬가지로 양식이 있는 사람이라는 사실을 본능적으로 알아보는 것이다. 그렇기 때문에 서로의 장점을 정확하게 평가할 수 있다.

그리고 그들은 상대방의 친절과 배려심을 높이 평가한다. 뛰어난 남자들은 자신이 기르는 개에게까지 다정하지만 위신자들은 자신의 아내에게조차 냉혹하다. 그리고 뛰어난 남자들은 온후하고 온화하다. 그와 동시에 베풀기를 좋아한다. 하지만 그것은 돈

을 잘 쓴다는 의미가 아니다. 함부로 돈을 뿌리는 것에는 유익함
보다 유해함이 더 많은 법이다. 그들은 타인에게 동정을 베풀 때
에도 분별력을 가지고 신중하려 노력한다.

있는 그대로의 자신을 소중히 여기며 살아가자

참으로 훌륭한 사람이란 평생의 목적을 흐리지 않고 정직하게
자각하고 있는 사람이다. 그것은 언제나 자기 자신을 되돌아보고
자신이 옳다고 여기는 것을 지켜 낸 결과 얻어지는 올바른 자기
인식 위에만 쌓을 수 있는 것이다. 결국 우리 스스로가 되고 싶어
하는 사람이 되는 방법은 경험이 가르쳐준다.

우리는 모두 인간으로서의 가치를 나타내는 가격표를 자신의
몸에 단 채 살아가고 있다. 훌륭한 사람으로 살아가느냐, 가치 없
는 인간으로 살아가느냐 하는 것 모두가 우리의 마음에 달린 것이
다. 그렇기 때문에 우리는 정직하고 친절하고 성실하기 위해서 노
력해야 하는 것이다.

노력하면 조금씩이나마 이상에 접근할 수 있다. 물론 처음에는
어렵게 느껴질 것이다. 하지만 점점 그것이 가능하다고 여겨질 것
이다. 타인을 배려하고, 모두에게 친절하며, 적당한 선을 지키고,
쾌활하게 지내려고 노력하면 그것은 자연스럽게 몸에 배는 법이
다. 이렇게 해서 사람은 관대하고 양식이 있으며 동정심을 갖춘
도량이 큰 인간으로 성장해 가는 것이다.

성의야말로 남자 최고의 무기

참된 남자다움이란 무엇일까? 그것은 엄격한 도의심이자 동정심, 강한 인내심, 관대함이다. 남자다운 사람이란 본질적으로 성실한 사람이다. 언제, 어디서나 늘 올바른 말을 하고 올바른 행동을 한다. 즉 성실함이란 언제나 변함없이 덕을 행하는 것이라고 할 수 있다.

그렇다면 실행 가능하지도 않은 일까지 쉽게 떠맡는다는 것은 참된 남자다움이라고 할 수 없을 것이다.

웰링턴 공은 "성의야말로 영국 군인 최고의 무기라고 자부한다. 그들은 일단 약속을 하면 그것을 깨는 일이 없다. 말로든 행동으로든 속이는 것을 떳떳하게 여기지 않는다. 배신함으로 해서 자신을 훼손하느니 언제나 용감하게 책임을 질 각오를 하고 있다."고 말했다.

뛰어난 남자는 타인을 살린다

권력을 함부로 휘두르지 않는 것도 역시 남자다움의 조건 중 하나다. 양식이 있는 사람이라면 권력을 함부로 남용하거나 부하를 위압하지 않는다.

그렇다면 자신과 대등한 입장에 있는 사람은 어떻게 대해야 하는 것일까? 혹은 아내나 자녀, 그리고 부하 같은 아랫사람에 대해서는? 공무원은 시민에게, 교사는 학생에게, 사장은 사원에게 각

각 어떻게 행동해야 하는 것일까? 때와 장소에 따라서 적당히 권력을 사용하는 것이 인간으로서, 남자로서의 역량을 보여주는 것이다.

타인을 생각해주기 위해서는 극기심이 필요하다. 고대 로마 사람들은 남자다움, 용기 그리고 미덕까지도 포함해서 virtus(비르투스)라는 말을 사용했다. 자신에게 이기지 못하는 한 '비르투스'는 있을 수 없다. 그것을 위해서는 이기적인 욕망을 힘껏 억누르고, 동물적인 본능을 내몰기 위해 노력해야 한다.

절제가 남자다움의 조건으로 꼽히는 것도 같은 이유에서다. 절제를 함으로 해서 머리는 명석해지며 규칙적이고 건강한 생활을 보낼 수 있게 된다.

옛날부터 전해 내려오는 '순조로울 때 필요한 덕은 절제, 역경에 필요한 덕은 용기.' 라는 말은 오늘날에도 그대로 적용되는 말이다.

온후한 자질을 가지고 있어서 그것이 겉으로 드러나는 사람, 강한 인내심으로 자신에게 이기려 노력하는 사람, 주위 사람들에게 예의바르게 행동하는 사람, 괴로워하는 사람들을 진심으로 걱정하는 사람, 자신이 바라는 일을 다른 사람에게도 해주는 사람, 그런 사람이야말로 사회적 지위와 상관없이 참된 남자라고 부르기에 합당한 사람이다.

'덕의를 가지고 서로에게 양보하라.' 는 말이야 말로 어겨서는 안 될 규칙이다. 동시에 이것은 아이들을 가르치는 데 있어서도 중요한 사항이다. 다시 말해서 '모든 사람을 존경하라.', '예의바르게 행동하라.'는 것이다.

친절한 말 이외에는 입에 담지 말 것. 그렇게 하면 친절함이 당신에게로 되돌아올 것이다.

남자답기 위해서는 자신의 뜻을 굳게 지킴과 동시에 공정해야 한다. 충분히 할 만한 가치가 있는 일을 충분히 해야 한다. 마땅히 용서해야 할 때는 용서해야 하며 화를 낼 때는 화를 내야 한다. 그러나 결코 누군가에게 복수해야겠다고 생각해서는 안 된다.

그러한 점은 소크라테스에게서 배워야 할 것이다. 한번은 어떤 남자가 소크라테스를 향해서 이렇게 소리쳤다.

"네게 복수를 하지 못한다면 차라리 죽는 편이 나을 것이다."

소크라테스가 대답했다.

"당신과 친구가 되지 못한다면 차라리 죽는 편이 나을 것이다."

배우기 위해서 살고, 살기 위해서 배워라

뛰어난 남자는 온후하지만 그렇다고 해서 겁쟁이는 아니다. 그들은 더할 나위 없는 위험을 무릅쓰면서까지 이웃을 돕는 숭고한 용기를 가지고 있다. 그들은 자신의 생명을 걸고 물에 빠진 사람을 구하러 간다. 화재로 불 속에 남겨진 사람을 구출하기 위해서 타오르는 불꽃 속으로 용감하게 뛰어든다.

이와 같은 영웅들의 계보가 끊어져 버린 것은 아니다. 그처럼 용기 있는 사람들은 계급과 상관없이 지금도 여럿 있다. 오늘날 사회에서 일어나고 있는 여러 가지 사건들이 그 사실을 충분히 증명해주고 있다. 환자나 가난한 사람들을 위해서 자선을 행하는 사람들도 역시 끊이지 않고 있다. 전쟁 시나 평화로운 때에나 타인을 돕기 위해서 자신을 희생할 줄 아는 영웅은 여전히 건재하다.

일상생활에서도 용기는 필요하다. 그렇다, 모든 사람들이 영웅이 될 수는 없다 할지라도 훌륭한 사람이 될 수는 있다. 용기는 어려움에 정면으로 맞서게 하고 결국에는 그것에 승리를 거두게 한다. 용기만 있다면 우리는 좋지 않은 유혹에 사로잡히지 않고 언제나 올바른 결의를 지켜나갈 수가 있다.

사회에 진 빚을 갚고 타인의 도움 없이 살아가는 것. 자유롭게 이야기를 하면서도 타인에게 상처를 주는 말은 결코 하지 않는 것. 언제나 자신을 되돌아보고 모르는 것은 모른다고 솔직하게 이야기하는 것. 자신의 잘못이라는 사실을 알고 나면 솔직하게 그것을 인정하는 것. 자신의 결점을 깨닫고 나면 최선을 다해서 고치려고 노력하는 것. 진정한 용기란 이러한 모든 것을 할 수 있는 것이다. 그것이 처음에는 아무리 어렵게 느껴진다 할지라도.

겁쟁이만이 노예의 신분에 만족하는 법이다. 용기 있는 사람은 배우기 위해서 살고, 살기 위해서 배운다. 올바른, 선한 행동을 하면 주위의 존경을 받게 되고 모두가 그를 따르게 된다. 그리고 그

의무를 충실하게 수행해 나가면 적어도 세상의 칭찬이 기다리고 있다는 것만은 틀림없는 사실이다.

6

참된 '숙녀'가
되기 위해서

남자다움이라는 것에 대해서 여성스러움이라는 것도 있다. 뛰어난 남자의 가정에서 그 아내가 수행하는 역할은 밝은 햇살에도 비할 수 있다. 그녀들은 쾌활하고 다정하며, 애정으로 넘쳐 난다. Lady라는 말은 '빵을 나눠주는 사람'이라는 의미다. 다시 말해서 그녀 주위에 있는 사람들에게 나날의 양식을 주는 사람, 도움을 필요로 하는 사람들에게 자선을 베푸는 사람을 말한다.

여성이 가진 '사랑'이라는 마법의 지팡이

여성의 힘과 자비의 원천은 사랑이며, 성경에도 있는 것처럼 '사랑은 다함이 없다.' 사랑만이 여성의 일생을 가치 있는 것으로 만들어 주는 참된 요소다. 그리고 그것은 여성의 마음을 영원히 젊게 유지해 준다.

"평생 동안 모든 힘을 기울여서도 해내지 못한 일을 한순간에 이루게 해주는 것이 사랑이 가진 놀라운 힘이다."라고 괴테는 말했다.

그리고 성 그레고리는 "사랑 그 자체가 지식이다."라고 말했다. "참된 사랑의 모든 원천은 지식에 있으며, 지식의 모든 원천은 사랑에 있다."

예의바른 마음은 사랑에서 태어나며 평소의 언행에 자연스럽게 나타난다.

탈레랑은 아름다운 여성에 대해서 "미(美)는 그 매력 가운데서도 아주 조그만 비중만을 차지할 뿐이다."라고 말했다.

다정함으로 넘쳐 나고, 사람에 대해서 성실하며, 얌전하고, 모두에게 경의를 표하며, 책임감이 있고, 세련된 언행을 익힌 여성이 가장 매력적인 여성이다. 그 가운데서 미는 2차적인 것이 지나지 않는다. 용모의 아름다움은 되풀이되는 틀에 박힌 일상생활 속에서 점점 퇴색해 가는 법이다. 하지만 온화함과 애정, 쾌활함 등과 같은 것은 가정과 사회를 강하게 묶어 주는 연결고리 같은 역할을 수행해 준다.

일을 가진 여성의 '여성스러움'

일을 가진 여성이 여성스러움을 발휘한다 할지라도 문제될 것은 전혀 없다. 유복한 가정의 자녀만이 숙녀가 되라는 법은 어디에도 없기 때문이다. 그리고 한가한 때를 이용해서 아름답게 꾸밀 필요도 전혀 없다. 무릇 그러한 것들은 여성스러움과 전혀 관계가 없는 것이다.

예의바르고 자상하며 끈기 있게 열심히 일하는 여성 중에서도 특히 가계를 책임지고 있으며 동시에 집안일도 모범적으로 성실하게 처리하는 입장에 있는 일가의 주부들은 사실 나날의 양식을 벌어 오는 일가의 가장 이상으로 해야 할 많은 일들을 끌어안고 있다. 그렇기 때문에 그녀들은 남편 이상으로 뛰어난 능력을 많이 가지고 있다. 그리고 어머니들은 딸들을 훌륭한 남편에게 어울리는 훌륭한 아내로 길러 내는 고도의 기술을 가진 장인이기도 하다. 이와 같은 아내를 둔 남편, 이와 같은 어머니를 가진 자녀들이야말로 정말 행복하다고 말할 수 있을 것이다.

PART 02

넘쳐나는 지혜로
끊임없이 노력했던 선인들

─위대한 '작업가' 들을

지탱해 주는 것

1

'지적 두뇌' 가
낳은 이자

우리가 오늘날 도움을 얻고 있는 문명의 대부분은 과거에 바쳐졌던 노력의 결정체이다. 도덕적 분야, 지적 분야, 예술 혹은 과학적 분야에서 볼 수 있는 모든 위업은 우리 선배들의 노력에 의해서 한 걸음 한 걸음 완벽한 것에 접근해 왔다. 이와 같은 과거의 유산에 각 세대가 새로이 공헌을 하고 있다. 그리고 지식이나 과학의 축적은 뒤따르는 세대에게 이자까지 더해서 그대로 물려주게 된다.

'시대를 리드하는 것과 마찬가지로 가치관의 형성에서도 최첨

단에 선' 지적 노동자가 참된 특권계급을 형성하고 있는 것이다. 바로 그들이야말로 사회의 자본가, 즉 지적 두뇌라는 자본의 소유자인 셈이다. 왜냐하면 사회에서 최고의 지위에 올라 사회의 원동력이 되는 것은 돈의 힘도 아니고 신분도 아니며, 그들의 두뇌와 노동력이기 때문이다.

지식은 시대를 초월하여 살아 있다

어느 시대에나 변함없이 가장 뛰어난 지적 노동자가 사회의 최고 자리를 점해 왔다. 그중에는 헤아릴 수도 없는 고난과 쓴맛을 본 사람, 혹은 비난과 중상의 표적이 되었던 사람, 혹은 쫓겨나거나 몰락했던 사람들도 결코 적지 않다.

그러나 과거의 뛰어난 인물들은 지금도 여전히 우리 위에 군림하고 있다. 소크라테스, 플라톤, 데카르트, 로크는 철학 분야에서 호머, 베르길리우스, 단테, 셰익스피어는 문학 세계에서, 아리스토텔레스, 갈릴레오, 뉴턴, 라부아지에는 과학 영역에서 지금도 여전히 살아 있다.

한편 그들 시대의 통치자—봉건군주, 집정관, 대통령, 왕, 황제—는 모두 잊혀지고 말았다. 옛날부터 뛰어난 사람들은 그들의 두뇌가 만들어 낸 것에 형태를 부여함으로 해서 인류의 유산을 풍요롭게 해 왔다. 앞선 세대에서 치른 노력의 집대성 위에 공적을 더해 나감으로 해서 그들도 역시 인류 최대의 은인의 반열에 들어

가게 된 것이다.

일에 사로잡힌 천재들

그들 중에서는 일에 대한 충동이 일종의 성스러운 격정으로까지 고양된 사람도 찾아볼 수 있다. 해야 할 일은 산더미처럼 많은데 주어진 일생은 너무나도 짧다. 이에 그들은 1분 1초를 아껴 가며 조금이라도 많은 성과를 올리려고 노력했다. 일은 그들의 행복—존재라고까지는 말하지 않겠지만—과 떼려야 뗄 수 없는 것으로까지 되어 버렸다. 그야말로 자신의 모든 것을 일 속에 쏟아부은 것이다.

예를 들어서 브룩슨은 마치 근면함이 옷을 입고 있는 것 같다는 말을 들었다. 그런 그에게는 게으름을 피운다는 것 자체가 견딜 수 없는 일이었다. 그리고 베이컨은 '모래시계의 모래가 떨어지는 것'처럼 짧은 인생 중 일생을 바칠 만한 천직을 과학 세계에서 발견해 냈다.

그리고 미켈란젤로는 무엇에 홀린 사람처럼 조각에 몰두했다. 그의 말에 의하자면 나무망치를 휘두르는 것이 그의 선상의 비결이었다고 한다. 가끔 짧은 휴식을 취하기는 했지만 한밤중에도 일어나 일을 계속하곤 했다. 장기간에 걸쳐서 제작을 계속할 수 있었던 것도 평소 절제에 힘쓴 덕분이었다. 나이가 들어 다리가 불편해지자 수레를 타고 바티칸궁의 한쪽에 있는 벨베데레로 다니며 조각을 계속했다. 시력이 떨어진 뒤부터는 오로지 손의 감각에만 의존해서 조각을 즐겼다.

레오나르도 다 빈치 역시 누구에게도 뒤지지 않을 만큼 근면했다. 설계사, 화가, 조각가, 화학자, 기계 제작자, 저술가, 건축가, 기사 등과 같은 직함을 전부 가지고 있었던 다 빈치는 만능에 가까운 폭넓은 재능이라는 점에서 따를 자가 없는 최고의 천재였을 것이다.

어떤 저명한 작가의 말에 의하면, 저자가 만족하는 작품만을 발표하게 된다면 아마도 가장 뛰어난 작품조차 세상의 빛을 보지 못하고 끝말 것이라고 한다. 그런 이유로 우리가 읽고 있는 작품의 대부분은 작가가 이상적인 작품이라고 생각하고 있는 것과는 거리가 먼 작품이다.

머리는 펜보다 빨리 달리며 때로는 저 멀리 앞쪽에서 방황하고 있다. 펜이 간신히 머릿속 이미지를 따라잡아 막상 표현하려고 하면 그 핵심이 되는 것은 먼 옛날에 어딘가로 사라져 버리고 마는 것이다. 머릿속 이미지는 햇빛처럼 밝고 깨끗해서 더할 나위 없이 선명하지만 막상 써 놓은 글을 보면 마치 그 이미지가 안개에 완전히 둘러싸인 것처럼 느껴진다.

순간의 기술도 오랜 세월의 땀과 노력의 선물이다

가치 있는 것은 그 이전까지의 오랜 수양과 노력이 있었기에 존재하는 것이다. 순간적으로 솟아오른 것처럼 보이는 것이라 할지라도 틀림없이 그 이전까지의 축적의 결과다.

어느 부자에게 '연필 같은 걸로 간단한 스케치를 그려 달라.' 는 부탁을 받은 화가 베르네는 빠른 손놀림으로 그림을 완성시킨 뒤 1000프랑을 청구했다.

"겨우 5분 정도밖에 걸리지 않았는데?" 부자는 놀랐다. 그러자 베르네가 대답했다. "그렇습니다. 하지만 이렇게 그리게 되기까지는 30년이 걸렸습니다."

에라스무스는 『우신예찬』을 일주일 만에 완성시켰다. 그러나 그것은 이전까지 거듭해 온 노력의 집대성이라고 할 수 있다.

그리고 칼라일은 스콧에 대해서 이렇게 평했다.

"틀림없이 모든 비밀이 여기에 있다. 즉, 당연히 쌓아야 할 수업을 전부 쌓은 뒤에 이처럼 단숨에 써 내려가는 방법, 바로 이것이야말로 올바른 방법이다. 오랜 시간 서서히 가열하여 충분한 고온에 도달한 용광로 속에서 단번에 순금을 얻을 수 있는 것처럼."

그러나 채프먼은 호머의 12권짜리 저서를 겨우 15주 만에 번역했다고 자랑했으나 번역에 관해서는 시간을 들일수록 더 좋은 작품이 된다. 시적인 이미지를 한층 더 격조 높고 정취 있는 표현으로 끌어올리는 일필은 근면한 노력에 여유가 더해져야만 비로소 원숙해지는 법이다. 여러 시대에 걸쳐서 사람의 마음을 매료시키는 훌륭한 표현은 오랜 명상 후에 솟아오르는 법이다.

이것이 '천재'의
자질이다

하지만 이와 같은 걸작은 그저 강한 인내심으로 근면한 노력을 쌓기만 하면 태어나는 것이 아니며, 또 완성되는 것도 아니다. 이른바 천재의 영감에 의한 부분도 크다.

천재라는 말을 정의하기란 쉽지 않다. 강렬한 재능, 혹은 정력적인 상상력이라고 표현할 수 있을까? 아니, 그것만으로는 부족하다. 천재는 생명이 없는 것에 생명을 불어넣는다.

해즐릿에 의하면, 천재는 지금까지 없었던 것을 충동적으로 만들어 낼 줄 안다. 러스킨은 그것을 '사물의 본질' 까지 꿰뚫어 보는 힘이라고 설명했다. 그리고 밀은 '범인이 보는 것 이상으로 깊이 진리를 꿰뚫어 보는 재능'이라고 정의했다.

콜리지는 천재를 '성장의 능력'이라고 말했으며 존 포스터는 '자신을 연소시킬 줄 아는 힘'이라고 말했다.

그리고 플로렌스에 의하면 '인간의 이성이 최고로 발달한 정점'이라고 한다. 참으로 옳은 말이다. 몰리에르의 천재적인 모습은 '빛을 발하기까지 연마된 상식'이다.

천재 특유의 에너지

그러나 실제로 천재라는 것은 그 이상이다. 그것은 강렬한 에너지다. 한 개인의 자아, 즉 그 사람에게만 있는 특유의 무엇이다. 천재란 단순한 지성 이상의 것, 즉 영감을 지닌 지성이라고 말할 수 있다. 지금까지도 천부적인 재능을 가진 수많은 명장과 예술가, 시인들이 존재했었다.

"천재는 태어나는 것이지 만들어지는 것이 아니다."라는 유명한 격언이 있다.

범인은 그저 흉내를 낼 뿐이지만 천재는 무에서 무엇인가를 만들어 낸다. 천재는 규칙이 끝나는 곳에서 시작한다. 인내심이 있고 노력을 하는 사람은 길을 찾지만, 천재는 길을 발견한다. 지성은 도구인데 반해서 천재는 영감이자 신탁이자 신에게서 받은 것이다. 얼마 전까지만 해도 사람들은, 천재는 모든 것을 초월한 신비한 사람이라고 생각했다. 다시 말해서 하늘이 부여한 재능을 가진 사람은 예언자이자, 신의 대리자이자, 영웅이었다.

미켈란젤로에게 모델이나 데생은 필요 없었다. 마음의 눈으로 대리석 덩어리 속에 숨어 있는 모습을 꿰뚫어 보았다. 일단 나무 망치를 손에 쥐면 순식간에 대리석의 옷을 벗겨 그 속에서 신의 입상을 끄집어냈다. 그리고 그는 후세의 경이와 칭찬을 한 몸에 받게 된 것이다.

지적 힘은 '집중력'에 비례한다

이란의 철학자인 아비센나는 "고양되어 자아를 잊은 영혼에게는 그 누구도 따를 수밖에 없다."고 말했다.

주의를 한 곳에 집중시키면 그 정신력은 한층 단련된다. 그것은 부드러운 광선을 렌즈로 한 곳에 모으면 거기서 열이 나는 것과 같은 이치다.

인간의 지성은 집중력에 비례한다. 집중력이란 고양이나 무아, 혹은 영감 등과 같은 것의 반증이다. 인물의 차이, 그리고 업적—문학, 과학, 예술 등 어떤 분야에서나—의 차이는 주로 집중력의 차이에 있는 법이다. 이것이 천재와 범인의 차이다.

아르키메데스가 적군에게 포위당한 시라쿠사 거리를 알몸으로 "알았다! 알아냈다!"고 외치며 달린 것은 그와 같은 좋은 예라고 할 수 있을 것이다. 사람들은 틀림없이 그가 미쳤다고 생각했을 것이다.

마찬가지로 뉴턴도 '끊임없이 생각' 함으로 해서, 즉 연구 대상에 지력의 모든 것을 집중시키는 강한 힘에 의해서 눈부신 발견을 할 수 있었던 것이다.

모든 장애를 극복하는 놀라운 '생명력'

특정한 전문직에 종사하고 있는 어떤 사람이 한정된 틀 안에 갇혀 버리는 것은 흔히 있는 일인데 거기서 벗어나기란 참으로 어려운 일이다. 사고방식이나 습관은 형식적인 것이 되며 운명의 레일은 거의 고정되어 버린다. 마치 그물 속에서 몸을 움직일 수 없게 되어 버린 것처럼 그곳에서 빠져나오기란 거의 불가능에 가깝다.

그런데 그가 천재인 경우에는 그가 향하는 방향을 그 무엇으로도 막을 수가 없다. 가령 그 환경이 딱딱한 지각과 같다 할지라도 그것을 뚫고 나간다. 고난이나 궁핍, 가난과 같은 온갖 장애를 강인하게 극복해 버린다.

독일의 시인인 한스 작스는 원래 구두를 만드는 사람이었다. 그 외에도 존 스토는 옷 만드는 사람, 몰리에르는 인테리어입자, 키츠는 의사의 제자였다. 모두들 훗날의 명성과는 전혀 거리가 먼 환경에서 출발하여 불우한 시대를 극복한 사람들이다.

한 유명한 생리학자는 "되고 싶어서 천재가 된 사람은 한 명도 없다."고 말했다. 틀림없이 드물게 볼 수 있는 천재는 때로 자신이 천재라는 사실을 인식하지 못한다.

예를 들어서 셰익스피어가 그랬다. 글로브 극장에서 친구인 벤 존슨의 비극 『세야누스』의 단역을 연기하는 데 만족하며 그 길고 긴 무운시를 열심히 외웠다. 포프의 셰익스피어 평에 의하자면 그는 '뜻하지도 않게 유명' 해진 것이다.

젊었을 때는 보기 드문 재능을 가지고 태어났다는 사실을 주위 사람들은 물론 자신조차도 알지 못한다. 그것이 겉으로 드러나는 것은 거듭되는 시련, 혹은 몇 번의 실패라는 세례를 받은 뒤다.

뉴턴이 물리학과 천문학을 연구하게 된 것도 점성술에서의 거듭되는 실패가 원인이었다. 말할 필요도 없는 사실이지만 뉴턴은 그 연구 과정에서 확고부동한 명성을 확립하게 된다. 그런데 뉴턴 역시 셰익스피어처럼 명성에는 전혀 관심이 없었다. 볼테르와 같은 회의론자조차도 "만약 전 세계의 천재들이 한자리에 모일 기회가 있다면 뉴턴의 천재적인 모습은 모든 천재들 중에서도 가장 선두에 설 것이다."라고 말했다.

근면함과 노력을 지탱해주는 오랜 '정열'

그렇다, 천재란 때로 외부에서는 털끝 하나 건드릴 수 없는 법칙과도 같은 것이다. 그러나 그 위업은 비할 데 없을 정도의 근면함에 의해서 성취된 경우가 적지 않다. 그리고 오로지 일에만 몰두하는 힘 자체가 천재의 자질로 처음부터 갖춰져 있는 것이다.

흔히 사람의 성공 여부는 타고난 재능보다는 오히려 중간에 포기하지 않고 끝까지 해내는 노력에 의해서 결정된다고들 한다. 그렇지만 거기에는 새로운 것을 낳으려고 하는 지성의 영감이 없어서는 안 된다. 단순히 노력만해서는 안 된다. 따라서 세상에서 천재라 불리는 사람들은 근면하게 노력할 뿐만 아니라 대부분 정열에 넘치는 사람들이기도 하다. 정열이 없는 곳에 발견과 발명은 있을 수 없다.

그리고 천재는 보통 시대를 앞서서 나타나는 법이다. 따라서 동시대 사람들에게 이해를 받기는커녕 때로는 비난을 받기도 하고 방해를 받는 운명에 놓이게도 된다. 만유인력의 법칙, 빛의 파동설, 증기 엔진의 응용, 진화론을 필두로 한 진화발전의 법칙……, 이러한 새로운 설들을 주장하여 처음부터 세상 사람들로부터 인정을 받은 사람은 하나도 없지 않은가?

재능에 어울릴 만큼 강렬한 자기 확신

세상의 천재들 모두가 셰익스피어나 뉴턴처럼 자신의 재능에 무관심하기만 한 것은 아니다. 개중에는 자신의 재능을 분명하게 자각하고 있을 뿐만 아니라 주위 사람들이 인정하기 전부터 스스로 떠들썩하게 선전하는 사람도 있다.

"아마도 내가 죽고 나면 또 한 명의 존 헌터는 오랜 세월 나타나지 않을 것이다."라고 이야기한 유명한 생리학자도 있다.

그리고 단테는 최고 시인이라는 자세로 일에 임했으며 자신감에 넘쳐서 미래의 명성을 예언했다.

케플러는 언젠가 틀림없이 조국이 자신을 자랑스럽게 여길 날이 올 것이라고, 그의 발견이 후세에 의해서 입증될 날이 올 것이라고 확신했다.

그는 자신의 저서 속에서 이렇게 이야기했다.

"나의 학설이 후대에 인정을 받게 될지 동시대 사람들에게 받아들여질지는 그다지 중요한 문제가 아니다. 신은 유사 이래 처음으로 나 같은 관찰자를 이 세상에 보내셨을 정도다. 그러니 나의 지지자가 동시대에 한 사람 있을까 말까 한 것은 당연한 일이다."

'시대'의 에너지가 천재를 만든다

그리고 어떤 의미에서 천재는 시대의 산물이라고도 말할 수 있다. 그들은 자신이 살아온 시대에 의해서 만들어지며 모습을 부여받는 법이다. 그들이 시대에 영향을 주는 것처럼 그들도 시대의 감화를 받는다. 그들에게 익숙한 환경이나 교육, 습관 그리고 시대의 정치와 종교의 흐름 등과 같은 모든 것들이 그들의 천성에 영향을 준다. 뿐만 아니라 그들의 반응을 불러일으키고 방향을 정하게 하여 그들이 가진 최대한의 힘을 이끌어 내려 한다.

그렇기 때문에 같은 시대의 영향 밑에서 한 번에 여러 명의 천재가 나오는 것도 드문 일은 아니다. 예를 들어서 고대 그리스의 페리클레스 시대가 그랬다. 고대 로마 가운데서는 아우구스투스 시대, 스페인의 펠리페 2세 시대, 프랑스에서는 루이 16세의 초기에 걸출한 인물들이 한꺼번에 등장했다.

영국에서는 엘리자베스 시대가 거기에 해당된다. 셰익스피어, 스펜서, 베이컨, 벤 존슨, 후커, 필립 시드니 경, 호킨스, 드레이크 거기에 세실 로즈. 그리고 찰스 1세 시대에 다시 같은 현상이 일어났다.

PART 03

지성과 마음의 성장에 대해서

－젊었을 때 머리와

몸을 단련해 두어라

1

인격의 밑그림은
20세 전에 완성된다

세계는 일반적으로 젊은 세대의 것이다. 교육이 중요시되는 것에는 이러한 배경도 있는 것이다.

청춘기는 심신 모두가 건강하게 성장하고 활기차게 움직이며 풍부한 상상력을 발휘하는 성열의 계절이나. 젊은 시절에 뿌려진 덕이라는 씨앗은 성장하여 예의바른 말씨와 행동이 되며 곧 성숙하여 좋은 습관이 된다. 이러한 발육기에 지성과 인격이 올바로 발달하지 못한다면 사회에 나갈 날이 다가오는 것을, 절망이라고까지는 말하지 않겠지만 불안한 마음으로 기다리게 될 것이다.

사우디는 다음과 같이 말했다.

"아무리 오래 산다 할지라도 처음 20년이 인생의 대부분을 차지한다. 그 20년이 지나가는 동안 그렇게 생각되었을 뿐만 아니라 되돌아보아도 역시 그랬다는 생각이 강하다. 그 20년은 우리의 기억 속에서, 거기에 이어지는 모든 세월보다도 많은 장소를 점하는 법이다."

'가능성'이라는 돌을 조각하는 '교육'이라는 조각가

인간 개개인에게는 각자의 타입에 맞는, 완벽한 인간으로서의 이상형이 내재되어 있다. 이것은 마치 대리석 덩어리 속에 숨겨져 있는 아폴론 신—조각가의 손에 의해서 완벽한 모습으로 완성되기를 기다리고 있는—과도 같은 것이다. 대리석 덩어리에서 상을 만들어 내는 것이 조각가의 목적이라면 사람이 가지고 태어난 보다 좋은 자질의 싹을 키워 나가는 것이 교육자의 역할이다.

교육은 태어난 그날부터 시작되어 죽을 때까지 계속되는 법이다. 그런 점에서 조각가의 일과는 조금 다르다. 인간의 성장에 이 정도면 됐다는 상한선은 없다. 신체나 겉모습이 변하지 않는 경우는 있어도 마음이 한시도 변하지 않는 경우는 없다. 사고방식이나 욕구, 기호는 조금씩이기는 하지만 시시각각으로 변화한다. 따라서 개개인의 가능성을 최대한 끌어내는 것이 교육의 목적이 되어야만 한다.

마음을 닦아야 지식이 살아난다

지력(知力)의 발달을 좌우하는 것이 무엇인지 우리에게는 알 길이 없다. 무엇이 우리의 심정에 영향을 주는지는 더더욱 알 길이 없다. 그러나 일반적으로 성격상의 특징은 이른 시기에서부터 나타난다. 아기들의 의지에 바탕을 둔 행동, 좋고 싫음을 나타내는 표정, 진지한 눈빛에서조차 미래의 모습을 엿볼 수 있다. 그러나 지식만을 주입하는 것이 그들의 인격형성에 보다 좋을 것이라고는 결코 단언할 수 없다.

하지만 애초부터 교육이라는 것에 절대적인 법칙이 있는 것은 아니다. 어느 고명한 주교는 "가난한 마음과 지나치게 발달한 두뇌는 여러 가지 형태의 교육이 낳은 것이다."라고 말했다. 그와 동시에 양심에 따라서 지성을 연마하는 것은 모든 사람들이 사회와 자기 자신에 대해서 당연히 져야 할 의무이기도 하다.

일반적으로 말해서 사람은 오랜 시간 꾸준히 근면하게 일함으로 해서, 혹은 강한 인내심으로 자기 스스로를 제어함으로 해서 보통사람 이상으로 성공할 수 있는 가능성을 얻게 되는 법이다. 자신의 능력을 최대한으로 살려 자타가 공인하는 만족스러운 일을 하기 위해서는 언제나 머리와 마음을 동시에 단련하지 않으면 안 된다.

에머슨은 말했다.

"인생이야말로 참된 로망이다. 인생을 용감하게 살아갈 수 있다

면 어떤 소설보다도 커다란 기쁨을 상상력에게 부여할 수 있을 것
이다."

2

너무 조숙한 두뇌는
건전한 성장을 방해한다

사고력, 혹은 지력, 아니 상상력조차 그것이 언제 성숙한 단계에 들어서느냐는 사람에 따라서 천차만별이다.

"매우 조숙했지만 매우 이른 시기에 쇠퇴해 버린 사람도 있다."고 베이킨은 말했다. 이것은 퀸틸리아누스의 "열매 없는 기술은 수확 전에 말라 버린다."는 말과 상통하는 것이다.

이것은 조숙한 아이에게도 해당되는 말이다. 이와 같은 아이들은 곧잘 어렸을 때 경이적인 지식을 보이지만 어른이 되어서는 사람들의 입에조차 오르지 않게 된다. 조숙함은 대부분의 경우 단순한 병적 징후에 지나지 않는다. 다시 말해서 이상할 정도로 신경이 예민하거나, 섬세한 두뇌를 지나치게 많이 사용하는 것이다.

뤼베크 마을의 하이네켄이라는 천재 소년은 두 살 때 신구약 성경의 대부분을 암송했고 세 살 때 라틴어와 프랑스어를 마스터했으며 네 살 때 종교와 교회사 연구를 시작했다. 그러나 병약하고 지나치게 섬세했던 이 소년은 다섯 살 때 병으로 쓰러져 허무하게 일생을 마치고 말았다. 베이컨의 말을 빌려 이 가엾은 소년을 평가하자면 "그리스 신화 속의 파에톤의 태양마차는 겨우 하루밖에 달리지 못했다."고 말할 수 있을 것이다.

체력이 없는 지력은 오래 가지 못한다

부모나 교사는 자칫 아이 본래의 역할이 성장하는 것이라는 사실을 잊기 쉽다. 그 성장의 초기에 두뇌를 혹사하면 건강상 커다란 문제가 생기는 것은 당연한 일이다. 근육이든 폐든 위든, 우선 신체의 건강이 중요하며 두뇌는 가장 늦게 성숙되어도 괜찮은 기관 중 하나라는 사실을 그들은 간과하고 있다.

유아기에는 사고력보다 소화력이 훨씬 더 중요하다. 지적 훈련보다 우선 신체를 단련하는 것이 앞서야 하며 지식보다도 예의범절이 우선되어야 한다. 한순간에 꽃을 피웠다가 바로 시들어 버리고 몇 년 만에 그 짧은 일생을 마감해 버린 조숙한 아이들의 예는 적지 않다. 그들의 신경을 짓누르는 중압감은 자신의 체력으로는 견딜 수 없을 정도의 것이며, 기력을 잃은 아이들은 한순간에 인생을 앞질러 나가 스러져 버리고 마는 것이다.

오늘날에는 남자아이고 여자아이고 그저 앉아서 배우고 공부하고 암기하는 경우가 지나치게 많다. 머리는 지나치게 혹사당하지만 몸은 충분히 사용되어지지 않고 있다. 따라서 두통이나 불안, 초조함을 느끼게 되고 그 결과 몸뿐만 아니라 마음까지도 병에 잠식당하고 만다.

아이들은 손이나 손가락뿐만 아니라 각 방면으로 눈을 돌릴 기회조차 잃고 말았다. 그런 이유로 손도 만족스럽게 쓰지 못하는 근시안적인 젊은 세대들이 태어나고 있는 것이다.

교육이란 여러 가지 지식을 머릿속에 주입하는 작업이 아니라 각자가 가지고 있는 좋은 자질을 이끌어 내고 신장시켜 주는 것이다. 아이들의 성장에 가장 필요한 것은 어떻게 자신의 능력을 사용하는지를 그들에게 가르쳐주는 것이다. 그러기 위해서는 몸 전체를 단련해야 한다. 이러한 사실을 충분히 유념해 두면 아이들의 머리가 지나치게 혹사당하고 있다는 목소리도 적어질 것이다.

3

어렸을 때 분출하는
'위대한 재능'

그러나 개중에는 비교적 건강해서 머리의 혹사에 의한 폐해를 극복하고 삶을 이어나가 어렸을 때부터 보인 재능을 그 후에도 충분히 발휘한 아이들도 있다. 그러한 경향은 예술가에게서 흔히 볼 수 있다. 그들이 극단적인 중압감에서 벗어날 수 있었던 것은, 예술은 자연스럽게 솟아나는 것으로 거기에는 기분 좋은 흥분이 있기 때문이다.

억누르기 어려운 '자기발현'을 향한 정열

　그 좋은 예가 겨우 열 살 때 소나타 조곡을 작곡한 헨델의 경우다. 의사였던 헨델의 아버지는 아들에게 법률과 관계된 일을 시키기로 결심하고 악기에는 손도 대지 못하게 했다. 중등학교에조차 보내지 않았던 것은 거기서 음계를 배울지도 모른다고 생각했기 때문이다. 그러나 음악에 대한 소년의 정열은 억누를 수 있는 것이 아니었다. 헨델은 어느 틈엔가 소리가 나지 않는 스피넷을 손에 넣어 다락에 숨겨 놓았다. 그리고 가족이 잠들기를 기다렸다가 다락으로 몰래 올라가 소리가 나지 않는 악기로 연습을 했다.

　얼마 후 작센 바이센펠스 공작이 소년의 정열을 알고 아버지와의 사이를 중재해 준다. 이렇게 해서 어린 헨델은 드디어 그 재능이 원하는 대로 음악의 길을 걸을 수 있게 되었다.

　14세 때 처음으로 무대에 섰으며 16세 때 희곡 『알미라』를 악곡으로 만들었다. 그 이듬해에 『플로린도』, 『네로네』를 작곡. 그리고 피렌체에 머물던 중 21세 때 최초의 오페라 『로드리고』를 작곡했으며 런던에 머물 때는 26세 때 유명한 오페라 『리날도』를 작곡했다. 그 후에도 자례자례로 설삭이라 불리는 오페라와 오라토리오를 탄생시켰다. 1741년 57세 때 대작 『메시아』를 세상에 내놓았는데 이것은 겨우 23일 만에 완성시킨 것이다. 헨델의 경우 조숙했지만 몸에는 아무런 악영향도 주지 않은 듯하다. 그것은 헨델이 자신의 최고 걸작을 54세에서 67세에 걸친 만년에 만들었다는 사실로도 알 수 있다.

조숙한 대음악가 중에서도 모차르트의 천재적인 모습만큼 전설적인 것도 없다. 모차르트의 작곡은 의심의 여지도 없이 직관에 의한 것이었다. 글을 배우기도 전인 네 살 때부터 작곡을 하기 시작했다고 한다. 그리고 2년 뒤에는 건반악기를 위한 협주곡을 만들었다. 이때 이미 하프시코드 연주에서는 그를 앞설 자가 없었다고 한다. 그 자리에서 주어진 주제를 바탕으로 즉석에서 푸가를 작곡했던 천재가 그 후 아버지의 지팡이를 말 대신 타고 방안을 돌아다니는 모습을 보고 유럽의 교수들은 아연실색했다.

아버지는 아들의 천재적인 재능을 구경거리로 삼아 유럽의 대도시로 그를 데리고 돌아다녔다. 가는 곳마다 모차르트는 짙은 갈색 상의에 벨벳 타이츠, 단추가 달린 구두, 뒤에서 묶은 기다란 곱슬머리의 우리에게도 잘 알려진 모습으로 관객들 앞에 섰다.

이렇게 해서 아버지는 아들의 재능을 이용하여 많은 돈을 벌었다. 매우 허약했음에도 불구하고 모차르트의 건강은 무시되었으며 신경을 쉴 틈이 없었다. 기분이 좋을 때면 모차르트는 아이답게 잘 뛰어놀았다. 음악계에서는 이미 어엿한 대가였으나 다른 면에서는 역시 평범한 아이였던 것이다.

모차르트는 1792년에 젊은 나이로 세상을 떠났다. 과로 때문이라기보다는 불규칙한 일과 생활의 연속이었기에 신경을 너무 많이 썼기 때문이라고 할 수 있을 것이다. 이 『레퀴엠』의 작곡가는 자신을 매장하는 것이 전부일 정도의 돈밖에 남기지 않았다.

장난감 대신 붓을 가지고 놀았던 미켈란젤로의 어린 시절

대가로서의 편린을 어렸을 때부터 보였던 화가나 조가각도 적지 않다.

그중에서도 미켈란젤로는 가장 좋은 예라고 할 수 있다. 그는 어렸을 때 양자가 되어 석공의 아내에 의해서 길러졌다. 그랬기에 훗날 미켈란젤로는 모유와 함께 나무망치와 끌에 대한 사랑까지도 흡수했다고 말했다. 철이 들 무렵부터 이미 그림을 그리는 것에 대한 격렬한 정열을 보였는데 손과 손가락을 움직일 수 있게 되자마자 집의 벽을 치졸한 그림으로 가득 채웠다.

피렌체로 돌아와서도 자신의 집에서 습작을 계속했다. 학교에 들어가게 되었지만 공부에는 조금도 관심을 보이지 않았다. 그러나 그 대신 그림에 몰두하여 화가들의 아틀리에를 찾아가서는 거기서 하루의 대부분을 보냈다.

당시 화가는 비천한 직업이라 여겨지고 있었다. 그랬기 때문에 명문귀족 출신인 아버지는 아들을 설득하여 그림을 그만두게 하려 했다. 그것이 실패로 돌아가자 이번에는 체벌을 가했다. 자신의 아들이 기능공이나 다를 바 없는 비천한 직업으로 떨어지는 것은 있을 수 없는 일이라고 화를 내며 야단을 쳤다. 그러나 효과는 없었다. 소년은 무슨 일이 있어도 화가가 될 생각이었으며 그 이

외의 일은 생각할 수도 없었다.

아버지도 결국 고집을 꺾고 말았다. 그리고 기를란다요에게로 가서 제자가 되는 것을 내키지 않는 마음으로 허락했다. 이 무렵 미켈란젤로의 기술은 이미 상당한 수준에 있었다. 그것은 그의 일에 대해서 스승이 다달이 보수를 아버지에게 지급하기로 한 계약(바사리의 『전기』에 의함)을 통해서도 알 수 있다. 어쨌든 미켈란젤로는 크게 성장하여 동료 제자들은 물론 스승까지도 능가하게 되었다.

그런데 그 무렵 메디치 가의 정원에서 본 조각상이 그의 마음을 사로잡아 그림을 그만두고 조각을 하기로 마음먹었다. 조각에서의 성장은 놀라운 것이었다. 18세 때 부조로 『켄타우로스의 전투』를 조각한 그는 20세 때 유명한 『잠자는 큐피드』를 조각했고 그 후에 곧 거대한 『다비드』 상을 완성시켰다.

그 후에 다시 그림으로 돌아가서 수많은 걸작을 끊임없이 쏟아냈다. 예를 들어서 목욕 중에 기습을 받은 병사들이 당황하며 그에 맞선다는 『피사의 전투』에서의 한 장면을 실물 크기로 완성했을 때에는 아직 서른 살도 되지 않았었다.

벤베누토 첼리니는 다음과 같이 술회했다.

"그 후의 미켈란젤로의 작품 중에서 이 대작을 뛰어넘을 만한 것은 없었다."

4

'젊은 명장' 들의
놀라운 용병술

나이를 먹고 경험을 쌓은 뒤가 아니면 좀처럼 사람들 위에 설수 없음에도 불구하고 고금의 명장, 명 지휘관들 중에는 비교적 젊은 사람들이 적지 않았다. 지휘를 하는 재능은 어쩌면 천부적인 깃일지도 모르겠디.

고대 그리스의 장군 테미스토클레스는 어렸을 때부터 애국심에 불타올라 언젠가는 나라를 위해서 일해 수훈을 세우겠다고 결심했다. 그는 서른 살이 되기도 전에 이미 그리스 군을 지휘했으며 페르시아 왕 크세르크세스 군과 살라미스에서 싸워 그것을 격파했다. 그리스 군이 거둔 대승리는 전원의 용맹에 의한 것이지만 테미스토클레스의 현명한 작전과 불굴의 용기에 의한 부분도 적지 않았다. 테미스토클레스는 이 싸움으로 인해 그리스에서도 손에 꼽히는 명 지휘관의 반열에 올랐다. 그리고 동포들로부터도 그 탁월한 능력과 동시에 최고 지휘관으로서의 지위를 인정받게 되었다.

알렉산더 대왕은 더욱 젊은 통치자이자 장군이었다. 20세에 마케도니아의 왕위에 오르자마자 거듭되는 폭동을 진압하기 위해 동분서주했다. 젊은 알렉산더는 폭동을 훌륭하게 진압한 뒤 남쪽으로 병사를 진군시켜 그리스의 주요한 나라들을 전부 정복했다.

그리고 22세 때 마침내 페르시아 원정을 위한 군사들을 소집했다. 헬레스폰트 해협을 건너 소아시아에 상륙한 그리스 군은 그라니코스 강을 끼고 다리우스 군과 맞서 싸워 압승을 거두었다. 이듬해에 다시 소아시아로 진군하여 이수스 전투를 승리로 이끌었다. 그로부터 3년 뒤에 벌어진 아르벨라 전투에서 마침내 페르시아 군을 멸망시키고 완전한 승리를 손에 넣었다. 당시 알렉산더는 25세였다.

이렇게 해서 강적 다리우스 군을 쓰러뜨린 알렉산더 앞에 동방의 국가들은 차례차례로 문호를 개방했다. 알렉산더의 통치하에 있었던 12년 8개월 동안 그리스 제국은 지중해를 건너 멀리 인도에 이르기까지 그 지배권을 확장했다. 그 후 알렉산더는 31세라는 젊은 나이에 세상을 떠났다.

정석을 뛰어넘는 '한순간의 영감'

세상에 이름을 떨친 뛰어난 장군들은 대부분 말년에 커다란 활약했다. 그러나 그것은 이름을 세상에 알릴 기회가 우연히 그 시기에 찾아온 것에 지나지 않는다. 왜냐하면 전쟁을 승리로 이끄는 데 없어서는 안 될 기민한 판단력, 대담함, 정열과 같은 점에서는 젊은 지휘관이 노장을 훨씬 압도하는 것도 사실이기 때문이다. 다시 말해서 육체적으로나 정신적으로나 그 에너지를 완전 연소시켜 그것을 순간적으로 구사하는 힘에서는 젊은이가 훨씬 더 뛰어난 법이다.

젊은이의 눈은 보다 날카롭게 적의 약점을 꿰뚫어 보며 그 무기는 보다 재빠르게 적을 덮친다. 노련한 장군은 기회를 기다리는 경우가 많으며 틀에 박힌 공격이나 정석에 집착하기 쉽다. 그리고 그의 풍부한 경험은 자칫 시대에 뒤떨어져 형식적인 것이 되기 쉽다. 젊은이는 승산만 있으면 그러한 것들을 전부 무시한다.

나폴레옹은 적의 의표를 찔러 성공을 거두었다. 이 젊은 지휘관은 상황에 따라서 자신의 판단 기준을 수정하고 본능적인 한순간의 영감과 천부적인 재능으로 그것을 자신의 것으로 만들었다. 그러나 우습게도 나폴레옹은 자신의 원칙을 무시하여 패하고 말았다. 연전연승을 거듭하던 대함대의 힘을 과신한 것이었다.

학생 시절의 우등생은 실제 사회에 나가면 적응을 잘하지 못한다는 이야기를 종종 듣는다. 에거튼 브리지스도 "대학 시절의 수재 중, 후에 출세한 사람은 매우 드물다."고 말했다.

그러나 반드시 그렇다고는 말할 수 없다. 장래에 큰 그릇이 될 것임을 엿보이는 독특한 재능은 많은 경우 17, 18세부터 21, 22세 사이에 그 편린을 보이기 시작하는 법이다. 실제 사회에 나가서 구체적인 형태로 나타나는 능력은 그 후부터 점차로 싹을 틔우고 동시에 사물을 객관적으로 보는 능력이나 이해하는 힘이 자라나 나날의 체험에 새로운 형태와 빛깔을 부여해 나가게 되는 법이다. 그런 이유로 학생 시절에 두각을 나타냈던 무리들은 사회에 나가서도 그 자리를 지키는 경우가 일반적이다.

5

'젊음'은 뛰어난
착상을 낳는 토양

물론 사람에 따라서는 인생의 절반이 지나서야 드디어 이름을 알릴 기회를 얻게 되는 사람도 있다. 그러나 그것은 젊었을 때에는 숨어 있던 재능이 세월의 흐름과 함께 외부로 드러나기 시작했기 때문이다. 인생의 절반을 지나서 거둔 성공은 대체로 젊은 시절에 축적해 두었던 것의 산물에 지나지 않는다. 천재라 불리던 사람 중 많은 숫자가 40세도 넘기지 못하고 세상을 떠났다. 괴테의 관찰에 의하면 사람은 대체로—물론 예외도 있지만— 40세가 넘으면 새롭고 독창적인 아이디어를 갖지 못하게 된다고 한다.

라파엘로, 모차르트, 슈베르트, 로시니, 타소, 키츠, 셸리, 바이런과 그 외의 많은 천재가 불후의 명작을 남긴 것은 40세가 되기 훨씬 전이었다. 셰익스피어가 『햄릿』을 쓴 것은 36세 때의 일이었는데 이후 그것을 능가하는 작품을 썼다고는 여겨지지 않는다.

오래 산 사람도 포함해서 뛰어난 일을 한 사람들은 모두 자신의 젊었을 때의 구상을 후에 충실하게 실행한 것에 지나지 않는다.

콜럼버스의 발견도 역시 젊었을 때의 학문과 착상에서 출발한 것이었다. 뉴턴이 만유인력의 법칙을 발견한 것은 25세 때였으며 그런 뉴턴조차도 44세 이후에는 새로운 일에 손을 대지 않았다. 와트도 비슷한데 그는 33세에 증기엔진을 발명했고 그 후부터는 오로지 발명의 완성에만 힘을 쏟아 부었다고 한다.

‘활발함, 기민함, 끈질김’은 청년 시절의 보물

젊은 시절은 사실상 많은 아이디어가 떠올라 후의 위대한 발명이나 발견, 뛰어난 작품을 낳는 각종 에너지의 발아기라고 할 수 있다. 연륜은 그 모든 것에 질서와 조화를 가져다준다. 새로운 착상의 대부분은 사춘기, 다시 말해서 정신이 예민하고 활발하며 언제나 새로운 사실을 받아들일 수 있는 시기에 태어나는 법이다.

물론 40세를 넘어서도 위업은 이룰 수 있다. 새로운 발명이 있었고, 새로운 작품이 지어졌고, 새로운 사상이 생겨났다. 그러나 실제로 40세를 넘어서도 정신이 크게 성장할지는 의심스러운 일이다.

그 점에 관해서는 몽테뉴의 다음과 같은 말에 보다 많은 진실이 담겨 있다.

"우리의 정신은 20세에 성숙한다. 그 나이가 되어서도 능력이나 자질에 분명한 징조가 나타나지 않는 정신은 그 후에도 그런 징후를 보이지 않는다."

그리고 몽테뉴는 말했다.

"무릇 내가 알고 있는 한 인간의 위업이라는 것은 어떠한 종류의 것이든, 예나 지금이나 30세 전에 이루어진 것이 이후에 이루어진 것보다 훨씬 더 많은 듯하다. 그리고 그것은 때로 같은 인간의 일생 자체에 대해서도 할 수 있는 말이다. 그들은 자신의 후반생을 젊은 시절에 얻은 영광으로 살아간다.

후반생에서의 그들의 삶은 다른 사람들의 삶과 비교하자면 틀림없이 위대하다. 그러나 전반생의 자기 자신에 비하자면 결코 위대하지 않다. 내 자신에 대해서 이야기하자면 30세를 넘은 뒤부터는 지력과 체력 모두가 향상되기보다는 쇠했으며, 진보하기보다는 퇴화할 뿐이었다.

물론 시간을 최대한도로 이용하는 사람이라면 나이와 함께 학문과 경험이 더해지는 경우도 있을 것이다. 그러나 활발함과 기민함, 끈기와 같이 살아가는 데 있어서 보다 중요한 가치를 가진 것, 우리가 보다 필요로 하는 것은 점차로 약해져 간다."

PART 04

인생,
장거리 레이스다

–납득할 수 있을 때까지

몇 번이고 넘어져 보자

1

마지막까지 알 수 없는
'장거리 레이스'의 향방

존슨 박사는 세상을 떠난 골드스미스에 대해서 "그는 늦게 개화한 꽃이다. 젊었을 때의 그에게서는 눈에 띄는 것을 무엇 하나 발견할 수가 없었다."라고 말했다. 꽃이 피는 시기에도 여러 가지가 있는 것처럼 인간 가운데서도 늦게 꽃을 피우는 사람이 적지 않다. 그리고 일찍 핀 꽃은 참으로 덧없이 지는 경우가 종종 있다.

위대한 인물은 젊었을 때부터 장래를 약속받는 경우가 많지만 모두가 그런 것은 아니다. 골드스미스처럼 만년이 되어서야 꽃을 피운 사람도 적지 않다. 인간의 지력은 각자의 기질에 따라서 나타나는 시기가 다르다. 어떤 사람은 일찍, 또 어떤 사람은 늦게. 어떤 사람은 다혈질이고 어떤 사람은 인내심이 강하기 때문이다.

선천적으로 능력을 가지고 태어난 소년이 학생 시절에는 아무런 진보도 보이지 않다가 어느 시기가 되어 자신도 놀랄 정도로 급속한 성장을 보이는 경우도 있다. 능력이 성숙했을 때에는 그러는 편이 보다 강하고 보다 내구력이 있을 것이다. 성장이 늦은 떡갈나무가 성장이 빠른 낙엽송보다 강인하고 내구력이 강한 것과 같은 이치다.

자력으로 얻은 하나의 지식이 교과서 속 열 개의 지식보다 낫다

조숙하고 영리한 소년, 소녀는 오히려 실제 사회에서 패하거나, 혹은 건강을 해쳐 범인 이상이 되지 못하는 경우가 많다는 설도 있다. 해즐릿에 의하면 학교에서 한때 눈에 띈다는 것은 소년에게는 결코 좋은 일이 아니다. "교양과목을 특별한 문제없이 규정대로 마치고 난 후 사회에서 그럭저럭 훌륭한 인간이 되었다고 한다면 그 인간은 간신히 난을 피한 것이라고 생각해야 할 것이다."라고 말했다.

스코틀랜드의 고명한 재판관인 코크번은 자기 자신이 한 번도 상을 받은 적이 없었기에 열등생에게 호의가 담긴 말을 했다.

"좋은 학교에서 좋은 성적을 거둘 능력이 있다면 소년은 그 같은 능력으로 이후의 인생에서도 어느 정도 성공할 것이다. 그에 비해서 그다지 평판이 좋지 못한 학교를 나오면 이후의 인생도 그에 상응하는 것이 되는 경우가 많다.

그러나 인간은 변하는 법이다. 소년은 더더욱 그렇다. 학교에서의 우수함이 실제 사회에서는 급속하게 퇴색한다. 하늘 위에서 빛나던 별이 기울고 그때까지 지평선에 있던 것이 떠오르는 것과 같은 것이다. 그렇기 때문에 나는 수석을 차지한 학생을 믿지는 않는다. 오히려 뒤쪽에 있던 학생에게 희망이 있다고 생각한다."

그리고 코크번은 학교의 공부에 대한 흥미와 진보는 교사의 성격에 의해서 좌우되는 면도 있지만 그보다는 소년 자신의 성격에 의해서 결정되는 것이라고 이야기했다.

그 자신이 무능한 교사에 의해서 '열등한 학생' 취급을 받은 경험을 가지고 있다. 그런 교사들은 소년들의 성격에 대해서 이해하지 못하고 채찍에 의존할 뿐, 학생이 공부할 마음을 일으키게 하는 기술은 무엇 하나 가지고 있지 못한 듯하다.

건강한 소년이라면 원래 공부보다도 놀기를 즐기는 법이다. 책상에 앉아서 책을 동해서 배우는 것은, 어떤 의미에서는 그들의 본성에 반하는 일이다. 그렇기 때문에 기억력이 좋고, 야외에서의 스포츠를 좋아하지 않는 병약한 소년이 학교에서는 좋은 성적을 거두는 경우가 많다. 그런 소년은 여러 가지 상을 받는다 할지라도 보다 중요한 것, 건강한 신체를 받을 수는 없다. 그런 두 학생의 학교에서의 지위는 실제 사회에서 완전히 뒤바뀌는 경우가 많다. 교과서의 지식은 소년을 학급의 1등 자리에 올려놓을지는 모르겠지만 실생활에서 인간을 앞서 나서게 하는 것은 행동이자, 근면함이며, 인내력이다. 틀림없이 청년기에서 장년기에 걸친, 생활 습관이 틀을 잡아가는 시기에 어떤 영역이든 학문 한 가지 길에만 너무 몰두해서는 실생활에 적용하기 어려운 인간이 되어 버릴지도 모른다.

훌륭한 인물의 '뜻밖의 이력서'

학교에서 공부를 못했던 학생이 과연 어디까지 성장할지는 아무도 모른다. 성장을 위해서는 시간이 필요하다. 경험을 쌓지 않으면 자신의 참된 기호나 적성은 알지 못하는 법이다.

부모에 의해서 자신에게는 전혀 어울리지 않는 틀에 갇히게 되는 경우도 있을 것이다. 그러나 강한 의지와 분명한 방향성이 있으면 부모가 깔아 놓은 레일에서 벗어나 자기 자신의 길을 개척해 나갈 수 있는 법이다. 물론 타인의 도움도 있을 것이다.

소년 시절의 성격이나 기질을 통해서 장래의 인격을 추측할 수 있는 경우도 있기는 하지만 어떤 사람이 될지를 예언하는 것은 불가능하다. 세 살 버릇이 반드시 여든까지 간다고는 말할 수 없다. 장래를 약속하는 징조 따위는 믿을 수가 없으며 실패를 예고해도 적중한다고는 말할 수 없다. 조숙했던 소년, 소녀가 보통의 평범한 사람으로 끝나 버리는 경우도 있다. 반대로 아무런 기대도 하지 않았던 열등생이 훌륭한 탐험가, 연구자, 혹은 과학자가 되는 경우도 있다.

이러한 사실은 여러 가지 전기를 살펴보면 잘 알 수 있다. 에르프트의 거리거리를 캐럴을 부르며 돌아다니던 가난한 광부의 아들이 독일의 종교개혁가인 마틴 루터가, 그리고 술집에서 맥주를 나르며 혹사당하던 병약한 소년이 당대 최고의 천문학자 케플러가, 또한 전장에서 포위 공격에 여념이 없던 그 젊은 군인이 위대한 사상가 데카르트가 되리라고 누가 예측할 수 있었겠는가? 놀랍게도 데카르트는 주둔생활 중에 인간 철학의 체계를 일신시킬 계획을 생각해 냈다고 한다.

다정하고 얌전하고 조용했던 소년이 후에 대화가인 페테르 파울 루벤스가 되었다.

말썽꾸러기로 과수원을 망치고 교회의 첨탑에 기어올랐던 것은 누구였던가? 다름 아닌 인도에서 영국의 지배권을 확립시킨 현명한 영웅 클라이브 아니었던가!

얼성적이고 현멍한 소년은 어렸을 때의 예상대로 성징하는 경우가 많지만 근면함이 부족하면 완전히 평범한 사람으로 끝나 버리는 경우도 있다. 한편 이렇다 할 특징이 없었던 소년이라 할지라도 부지런하게 꾸준히 노력하면 커다란 인물이 될 수도 있다.

'정신적으로 먼 길을 돌아가는 것'은 결코 헛된 일이 아니다

건강하고 씩씩한 소년은 원래 실내에서의 공부보다 실외에서의 스포츠에 더 끌리는 법이다. 그들에게 재미없는 책을 들여다보며 어려운 내용을 암기하는 것은 따분한 일이다. 그들이 문 밖의 공기와 실외의 생활을 원하는 것은 극히 자연스러운 일이다.

게다가 소년은 미래에 대한 전망과는 정반대로 자라는 경우가 많다. '은총의 박사'라 불렸던 성 아우구스티누스는 젊었을 때 주색에 빠져 있었으며, 테오도르 드 베즈는 후에 신약 성서를 훌륭한 라틴어로 번역하는 위업을 달성했지만 젊었을 때에는 방탕하고 비천한 시를 써서 빈축을 산 적도 있었다.

학교의 성적만이 젊은이의 장래를 약속하는 것은 아니다. 땅을 쉬게 하는 것이 토양에게 필요한 것처럼 인간의 정신에도 곁길로 돌아가는 것이나 여유가 필요하다. 긴 안목으로 보자면 과중한 경작은 반드시 토지를 척박하게 한다.

클라렌든 경은 젊은 시절 결코 근면하다고는 말할 수 없었다. 대학에서는 거의 공부도 하지 않고 사치와 낭비를 일삼는 무리들과 어울려 시간을 보냈다. 그는 아내와 사별하고 슬픔에 잠긴 것을 계기로 비로소 법률과 문학 공부에 힘쓰게 되었다. 결국 그는 법률 쪽에서뿐만 아니라 문학 쪽에서도 높은 명성을 얻게 되었다.

2

지성의 절정기

매콜리는 이렇게 말했다.

"상상력의 발달과 판단력의 발달 관계는 소녀의 성장과 소년의 성장 관계와 비슷하다. 상상력은 이른 시기에 완성의 단계에 들어서지만 쇠하는 것도 빠르다. 상상력과 판단력이 때를 같이 해서 함께 발달하는 경우는 거의 없다. 그리고 판단력이 상상력보다 빨리 발달하는 경우는 더욱 드물다."

몸이 충분히 발달을 마치고 나면 언제까지고 그 상태가 계속되는 것이 아니라 이번에는 서서히 쇠하기 시작하는 법이다. 태어난 날부터 죽음이 시작된 것이라고도 말할 수 있을 것이다. 젊었을 때에는 변화와 성장이 있으며 노년기에는 변화와 쇠함이 있다. 고개의 정상을 오른 순간부터 내리막길이 시작되는 것이다.

욕망, 감정, 정열, 상상력과 같은 것은 나이와 함께 서서히 줄어든다. 그러나 지성은 지식의 축적과 함께 성장을 계속해 나간다. 오감의 작용은 떨어지지만 남아 있는 힘은 보다 효율적으로, 그리고 보다 좋은 목적을 위해서 쓰이게 된다. 청춘의 빛나는 꿈은 사라지고 그와 함께 열의와 활력도 잃어 간다. 그러나 마음은 차분해지고 보다 냉정하게 판단하게 되며 오랜 경험을 방침으로 삼아 행동을 취하게 되는 경우가 많아진다. 육체와 정신이 여러 면에서 쇠퇴를 보여 예전처럼 경쾌하고 민감하고 활동적이지는 못하게 된다. 그렇기 때문에 더는 사물의 밝은 면만을 보는 경우는 없지만 동시에 역경에 견디는 방법도 익혀서 알고 있다.

네이즈미스는 자서전에서 원숙기를 '인생의 대지'라고 이름 붙였다. 이 시기, 즉 30세에서 50세에 걸쳐서 육체의 기능은 충분한 발달을 이루며 정신활동도 절정기에 이른다. 천재의 최고 걸작, 가장 원숙한 작품이 태어나는 것도 이 시기다.

일찍 꽃피우는 재능과 늦게 꽃피우는 재능이 있다

"현재 이 세상에 있는 뛰어난 저작 중 그 대부분은 저자가 40세를 지나서 발표한 것이다."라고 매콜리는 말했다.

그러나 이것이 너무나도 대략적인 말이라는 점은 바로 알 수 있을 것이다. 앞서 말한 것처럼 일에 대한 적성은 그 일의 성질, 혹은 당사자의 체질과 기질에 의해서도 달라진다.

시나 예술은 젊었을 때 그 정점에 달하지만 역사와 철학은 해를 거듭한 뒤에 정점에 이른다. 영감이 매우 풍부한 작품은 젊었을 때의 것인 경우가 많다. 그러나 심원한 주제를 포함한 문학이나 철학, 역사는 그 반대다. 상당한 노년에 이르지 않고서는 웅대한 역사를 이야기할 만큼의 방대한 사실을 지식으로 축적할 수 없기 때문이다. 그런 이유로 위대한 역사가 중에는 '인생의 대지'를 넘어선 인물이 많다.

통계학자인 M. 케틀레는 희곡가의 재능의 발달곡선을 작성했다. 이에 의하면 재능의 성장에도 나이에 따라서 오르막과 내리막이 있음을 알 수 있다. 평균적으로는 21세 때 재능이 나타나기 시작하며 25세부터 30세 사이에 결정적으로 힘을 더하기 시작한다. 유명한 작가들의 작품을 보아도 50세에서 55세 무렵까지 상승을 계속하다 거기서부터 매우 급속하게 하강한다. 그리고 비극의 재능은 희극의 재능에 비해서 발달이 빠르다고 여겨지고 있다.

하지만 통계상의 법칙에는 예외도 아주 많다. 영감이 되살아나고 눈에는 빛이 되돌아오고 이마에 깊이 새겨진 주름 안쪽에서 영혼의 불꽃이 타오르는 경우도 있다. '재 속에도 언제나 불씨가 살아 있는 것'이다.

실제로 나이를 먹은 뒤의 작품이 젊었을 때의 작품보다 더욱 깊은 맛을 가지고 있는 경우가 종종 있다. 『오디세이』는 눈이 먼 노인에 의해서 지어진 것이다. 그 노인이 바로 다름 아닌 위대한 호머다. 그리고 밀턴이 낙원의 아담과 이브의 사랑을 그린 것은 '고령에 기력이 꺾이기 직전'이었다.

특히 상상력과 관계가 없는 영역에서는 젊었을 때 빛을 보지 못했던 사람이 후에 늦은 성장을 보이는 예가 많다. 장래에 대한 희망이 전혀 없었던 소년 번연—군인이자 대장장이이자 건달에다 전과자—이 그 힘에 넘치고 구슬프고 아름다움으로 가득한 『천로역정』이라는 훌륭한 작품의 작가가 되리라고 누가 예상이나 했겠는가? 그러나 천재의 기운은 어디로 향해 있는 것인지 알 수가 없다. 번연의 경우 용이함보다는 어려움이, 격려보다는 장애가 가장 강력한 친구가 된 듯하다.

만년에 무르익은 시저의 '정치력'

젊었을 때에는 재능의 싹이 보이지 않았지만 중년, 혹은 노년이 돼서야 비로소 그 징후가 나타나는 경우도 있다. 식물과 마찬가지로 인간의 정신도 각각 인생의 서로 다른 시기— 어떤 사람은 봄, 어떤 사람은 한여름, 또 어떤 사람은 가을에 성숙기를 맞이하는 법이다.

그리고 시기가 무르익지 않으면 사람은 자신이 가지고 있는 힘을 발휘하지 못하는 경우가 많다. 시저는 젊었을 때부터 그 용기

로 두각을 나타냈지만 권력의 좌에 앉은 것은 비교적 늦은 시기였
다. 그는 35세 때 조영관이, 41세 때 집정관이 되었으며 이듬해인
42세 때 헬베티아와 벌어진 고어의 싸움에서 로마 군을 지휘했다.
52세 때 파르살로스에서 당시 58세였던 폼페이우스를 격파했다.
그러나 시저는 장군으로서보다 정치가로서 더욱 눈에 띄는 재능
을 보였다. 독재자로서, 후에는 황제로서 시저는 로마 제국의 정
치와 역사에 다른 누구보다도 자신의 정신을 깊이 각인시켰다.

3

'지적 파워'는
이렇게 유지한다

고령에 의한 쇠퇴나 병의 맹위에조차 굴하지 않고 자신의 능력을 유지했던 노인들의 예도 적지 않다. "늙음을 몰랐던 천재들도 여럿 있었다."고 디즈레일리는 말했다. 그들은 감각적, 지적 기능을 인생의 종반까지 훌륭하게 유지한 것이다.

향학심을 끝없이 불태우는 자는 늙음을 모른다

플라톤은 81세에 펜을 손에 든 채로 세상을 떠났다. 카토는 원서로 그리스 희극을 읽기 위해서 60세(일설에 의하면 80세)가 지나서 그리스어를 배우기 시작했다. 키케로는 그 훌륭한 『노년에 대해서』를 죽기 직전인 63세에 집필했다. 갈릴레오가 『신 과학 대화』를 완성시킨 것은 72세 때였다. 그는 78세로 세상을 떠날 때조차 제자인 토리첼리와 함께 일을 하고 있었다. 그들의 정신은 시간의 흐름과 함께 성장하여 폭과 깊이를 더해 간 것이다.

제프리 경은 "세월이 흐르면 신맛을 내는 것은 질이 좋지 않은 와인이다."라고 말했다.

향학심, 혹은 즐거움을 위해서 새로운 언어를 배운 노인은 카토뿐만이 아니다. 존슨 박사와 제임스 와트는 지적 기능이 나이와 함께 상실되어 버렸는지 시험해 봐야겠다고 생각했다. 존슨은 71세 때 저지독일어를, 와트는 75세 때 독일어를 공부했다. 두 사람 모두 이들 외국어를 습득하여 뇌의 기능이 조금도 떨어지지 않았음을 증명했다.

토머스 스콧은 56세 때 헤브라이어 공부를 시작했다. 괴테가 동양문학 연구를 시작한 것은 64세 때였다. 괴테는 83세에 세상을 떠났는데 최후의 순간까지 그의 사고력, 상상력은 완벽했다.

끊임없는 호기심과 활기찬 정신이야말로 장수의 비결

위대한 사람들은 대체로 장수를 한다. 다시 말해서 인생에 대한 강한 흥미야말로 장수의 비결이다. 활기가 없는 사람은 세상을 일찍 떠나며, 활기찬 사람은 장수를 한다.

건강에는 모든 기능의 훈련이 필요한데 이는 젊은이와 노인 모두에게 마찬가지다. 게으름은 근육, 심장, 뇌의 퇴화를 가져오며 지력을 급속하게 떨어뜨린다. 몽펠리에의 생리학자인 로우다트는 인생에 쓸쓸한 가을바람이 불기 시작하면서 쇠퇴하기 시작하는 것은 지력이 아니라 활력이라고 단언했다.

"생명력이 정점을 지나면 지성이 떨어진다는 것은 잘못된 생각이다. 노년기의 전반에는 오히려 이해력이 증가할 정도다. 그렇기 때문에 지력이 퇴화하는 것이 어느 시기인지는 정할 수 없다."

기쁨은 게으름이 아니라 근로에서 태어난다. 게으름은 녹이 철을 잠식하는 것 이상으로 사람을 잠식한다. 생명력을 퇴화시켜 쓸모없이 만들어 버린다. 게으른 사람은 어느 것에도 애착심을 느끼지 못하며 살아 있다는 사실조차 막연하게 느껴진다. 사상의 축적도, 과거에 여행을 했거나 경험했거나 읽었던 것에 대한 즐거운 추억도 가지고 있지 않은 인생은 참으로 쓸모없는 인생이다.

'인생의 황혼'에 다시 예전의 일로 돌아간 초 만드는 사람은 '할일도 없이' 은퇴를 한 부자보다 훨씬 낫다. 마지막에 틔운 싹이 가장 아름다운 잎이 되듯이, 인생의 황혼기 역시 가장 아름다운 것일지도 모른다.

'무용'의 경지에서 즐기면서 살자

제임스 와트에 대해서는 앞서도 이야기했는데 그가 발명에 몰두하던 젊은 시절에는 소화불량과 두통에 시달려 삶에 염증을 느낄 정도였다. 그러나 그는 나이를 먹어 감에 따라서 고통이 사라졌으며 마침내는 건강한 노년기의 기쁨을 맛보게까지 되었다. 자신이 좋아하는 책에 시간을 잊을 정도로 몰두했으며 발명, 식물재배, 런던과 웨일즈 지방의 산책 등 그는 즐거움을 더해 나갔다. 더는 '발명을 저주' 하는 일도 없었으며, 젊은 시절에 세웠던 계획을 다시 한 번 되돌아보았고, 또 새로운 계획을 세우기도 했다.

와트는 말했다.

"즐거움이 없는 인생이 무슨 소용이겠는가?"

와트가 82세가 되었을 때, 에든버러에서 월터 스콧 경, 제프리 경 등을 비롯한 여러 사람들과 모일 기회가 있었다. 스콧은 와트에 대해서 이렇게 이야기했다. "이 기민하고 친절하고 자비로운 노인은 지식의 넓이와 깊이로 주위 사람들을 놀라게 했을 뿐만 아니라 그 쾌활함으로도 기쁘게 해주었다." 제프리 경은 "그는 우연히 시작한 일에조차 매우 열심히 몰두하는 것처럼 보였다."고 말했다.

늙은 와트는 다시 발명을 거듭하여 그중 많은 것들을 마지막까지 완성시켰다. '83세가 된 젊은 예술가의 작품' 이라며 스스로 고안해 낸 복사기로 복사한 흉상 그림을 친구들에게 나누어 주었다. 그 이듬해에 제임스 와트는 임종의 자리에 모인 친구들의 눈물 속에서 조용히 세상을 떠났다.

시인 워즈워스는 이렇게 말했다.

"와트의 타고난 위대함과 보편성을 생각한다면 그는 틀림없이 우리나라가 낳은 가장 비범한 인물이라고 할 수 있을 것이다. 결코 자신을 과시하지 않고 정신적으로나 외면적인 생활에서 조용히 겸허하게 일하는 것에 만족했다. 이처럼 조용하고 욕심이 없는 경지에서만 참으로 위대하고 훌륭한 업적을 이룰 수 있는 법이다."

요컨대 노년이란 죽음의 그림자에 지나지 않는다. 그러나 일생 동안 수행하는 임무는 헤아릴 수 없는 성과를 낳는다. 노년기를 위한 참된 준비는 깨끗한 생활을 보내며 충실하게 임무를 다하는 것이다. 긴 일생이든, 짧은 일생이든 그렇게 하는 것이 자신의 생애에 확실한 보람을 가져다준다. 인생의 겨울은 불만의 계절이 아니라 희망과 기쁨으로 가득한 평안한 시절이 되어야 한다.

PART 05

알몸에서 출발

–스스로 길을 개척하겠다는

의지를 가져라

1

사람의 자질을
지배하는 '뿌리'

　각각의 인종은 자신들과 닮은 자손을 남겨 두고 간다. 그것은 개개인에게도 해당되는 말이다. 또한 각 민족은 고유의 체형, 체질, 생김새, 성격을 대대로 계승한다.

　몇 천 년 전의 중구인, 일본인, 인두인 및 그 외의 동양인의 특질은 그대로 오늘날까지 전해지고 있다. 아브라함 시대에도, 19세기에도 아라비아의 베드윈족은 여전히 베드윈족이다.

　인종의 혼합이 있었다고는 하지만 그것은 유럽에서도 마찬가지다. 타키투스가 그린 게르만인의 초상화는 오늘날의 독일인의 초상화로도 멋지게 통용된다. 모피 대신 천으로 만든 옷을 입히고 활 대신 총을 손에 들게 하면 지금의 모습과 똑같다. 율리우스 시저가 『갈리아 전기』에서 묘사한 갈리아인은 지금도 우리 주위에 존재한다.

'개구리의 새끼는 개구리'

마찬가지로 가족도 역시 부모에게서 자식에게로 닮은 사람을 대대로 낳는다. 아들과 딸은 그들의 부모를 닮아서 부모와 비슷한 체격, 얼굴, 기질, 성격을 이어받는다.

틀림없이 다른 혈통과 결혼함으로 해서 자손은 다소나마 변해 가는 법이다. 그러나 대부분의 경우 아들은 아버지의 성격을, 딸은 어머니의 성격을 주로 물려받는다. 그렇기 때문에 어떤 특징이 사라져 버리기도 하고 오히려 다른 특징이 현저하게 나타나는 경우도 있다. 그러나 조상의 특징이 여러 자손들에게서 산발적으로 나타난다 할지라도 그것은 한정된 범위에 지나지 않는다. 따라서 일족의 특징이 완전히 사라져 버리는 경우는 없다.

이렇게 해서 특정한 모습이나 특징은 몇 세대에 걸쳐 일족들 사이에서 대대로 이어져 간다. 설령 아들이나 딸 대에서는 나타나지 않았다 할지라도 손자나 증손자 대에 나타나는 경우도 있다.

예를 들어서 한 귀족 집안에 약 140년도 전에 이른바 '신분을 초월한 결혼' 에 의해서 인도인의 피가 섞이게 되었는데 그 이후

금발의 하얀 피부 일족 중에 때때로 검은 피부를 가진 사람이 나타나게 되었다고 한다.

또한 명문가 저택의 초상화 갤러리에서 종종 느끼는 것인데 초상화 속에는 같은 얼굴 모습이 되풀이되어 나타난다. 그림 속 주인공들은 서로 수백 년이라는 시간을 사이에 두고 살아 있었는데 말이다.

죽음이 가까워져서야 비로소 조상의 모습이, 아니 죽은 뒤에야 나타나는 경우도 드물지 않다. 토머스 브라운 경은 죽음이 얼마 남지 않은 인물의 얼굴에 대해서 "평소 낯익던 표정이 사라져 버리고 예전의 건강한 얼굴에는 나타나지 않았던 깊은 주름이 새겨져 그의 큰아버지를 꼭 닮은 모습으로 변해 있었다."라고 적었다.

각각의 가족들은 다른 가족에는 없는 특유의 특징을 가지고 있다. 거기에는 물론 정신적인 면도 포함된다. 예를 들어서 어떤 일가는 이야기하기를 좋아하고 모든 일에 대범하지만, 어떤 일가는 과묵하고 모든 일에 조심하는 식으로.

정신적, 지적 자질도 역시 유전되는 법이다. 그러나 이것은 환경에도 적잖이 좌우되기 때문에 세대에서 세대로, 순자적으로 이어져 가는 것이라고는 말할 수 없다. 그러나 조상의 성격이 그 자손에게서 나타나는 예는 명문가 등에서 흔히 볼 수 있다.

'나의 조상은 나 자신이다!'

그런데 천재는 그 조상 중에 약간 이름이 알려진 사람도 있기는 하지만 대부분은 이름도 없는 일개 서민 속에서 나온다.

프랑스의 명문귀족들이 모여 득의양양하게 가문의 자랑을 하고 있는데 쥐노 원수가 이렇게 외쳤다고 한다.

"그게 대체 어쨌단 말인가? 내게 그런 건 없네. 나의 조상은 바로 나 자신일세!"

이 말은 많은 천재들에게도 해당된다. 그들의 조상은 그들 자신이다.

나폴레옹은 자기 밑에 있는 명장들에 대해서 "진흙 속에서 건져 주었다."고 말했다. 나폴레옹 자신은 코르시카 귀족의 아들이었다. 유서가 깊을 뿐 이렇다 할 특징은 없는 평범한 집안이었다.

정치와 과학, 혹은 예술 등 어느 분야에서나 천재의 조상은 그들 자신이다. 천재는 이름 없는 조상들이 몇 세대에 걸쳐서 이어져 온 집안에서 갑자기 섬광처럼 나타나 그 이름을 전 세계에 알리고 후세에까지 이름을 남긴다. 그러나 그 가문 가운데서 이채로운 빛을 띠는 것은 그 한 사람뿐이며, 그가 죽고 나면 그 가족들은 잊혀져 다시 기억되지 않는다.

'재능'의 유전은 있어도 '천재'의 유전은 존재하지 않는다. '재능'은 일족에게 공통되는 특성이지만 '천재'는 한 개인에게만 주어진 재능이다. 잘 아시는 바와 같이 범용한 집안에서 어느 날

갑자기 위대한 인물이 태어나는 경우가 있다. '천재'는 시대의
영향을 받으며, 한편으로는 시대에 자신의 손톱자국을 남겨 놓고
간다.

셰익스피어는 그의 집안 중에서 혼자서만 두각을 드러냈다. 그
의 전이나 후에 또 한 사람의 셰익스피어는 태어나지 않았다. 그
의 수많은 이야기와 희곡만이 살아남았을 뿐, 가문을 상징하는 문
양은 사라져 버렸다. 뉴턴도 마찬가지다. 그는 울즈소프에 있는
농장 주인의 아들로 태어났다. 그러나 그 전에도 후에도 그의 집
안에 뉴턴은 오직 한 사람뿐이다.

틀림없이 위대한 인물은 지위나 계급에 상관없이 등장한다. 온
갖 계급, 온갖 계층 속에서 태어난다. 움막과 다를 바 없는 곳에서
태어난 사람도 있는가 하면, 저택이나 성에서 태어난 사람도 있을
것이다. 귀족 가운데서 태어난 위인이 아무리 많다 할지라도 서
민, 혹은 그보다 낮은 계급 출신은 그 이상으로 많다.

'습관'은 유전에 의해서 전해진다

가난함소차노 부모에서 물려받는 섯이라는 사실은 통계를 보
면 분명히 알 수 있다. 부모의 악습이나 게으름은 몇 세대에 걸쳐
서 자손에게 이어진다. 바로 그렇기 때문에 우리는 언제나 태도와
언행에 주의를 기울여 자신뿐만 아니라 적어도 사랑하는 사람을
위해서 모범이 되도록 노력해야 한다.

다음과 같은 속담도 있다.

"아버지가 신 포도를 먹으면 아이의 이가 시리다."

부모가 자식에게 물려주는 것 가운데는 예술이나 기술의 재능이라는 훌륭한 것도 있다. 기계공의 아들은 농가의 아들에 비해서 기계를 조작하는 것이 훨씬 더 능숙한데 그것은 선천적으로 타고나는 것인 듯하다. 조상 대대로 내려오는 혈통 덕분에 그들은 놀라울 정도로 빨리 숙달한다.

어쨌든 좋은 태생은 그것 자체가 이미 커다란 이점이다. 그 사람 몸속에 흐르는 뛰어난 조상들의 피는 그 사람이 가진 지력과 도덕까지도 보증해주기 때문이다. 좋은 태생이라는 것은 돈이 있고 없음을 떠나서 어떤 특정한 가족이 물려받는 가풍과도 같은 것으로 그 가족에게는 가장 중요한 의미를 갖는 것이다.

파스칼은 다음과 같이 주장했다.

"명문가 출신이라는 재산이 있는 것만으로도 다른 사람은 40세가 넘어야 간신히 손에 넣을 수 있는 높은 지위를 20세라는 젊은 나이에 손에 넣을 수 있다."

좋은 태생이라는 이점은 사회에서의 지위보다 개인의 덕과 인격을 높이는 데 도움이 되어야 한다.

2

사람은 언제나
'여성'에 의해서 만들어진다

천재는 때로 이름이 전혀 알려지지 않은 집안에서 아무런 조짐도 없이 불쑥 나타나는 경우도 있다. 물론 유명한 집안에서 태어나 조상 대대로 이어온 뛰어난 자질을 발휘하는 사람도 있다.

젊었을 때의 환경과 성장과정이 어땠는지를 알면 그 사람이 어떤 사람인지 대충 짐작이 가는 법이다.

이것은 곧 부모에게는 수행해야 할 참으로 많은 의무가 있다는 사실을 나타낸다. 특히 어머니는 자녀의 도덕적 자질, 지적 자질에 커다란 영향을 준다고 여겨지고 있다.

루소도 이렇게 말했다.

"사람은 언제나 여성이 만들어 내는 대로의 인간이 된다. 따라서 위대하고 고결한 인간을 기르고 싶다면 위대함과 덕이 무엇인지를 여성에게 꼼꼼히 가르쳐 주어야 한다."

나폴레옹이 항복한 유일한 상대

나폴레옹 보나파르트에 의하면 "아이가 장래에 어떤 행동을 할지는 전부 그 어머니에게 달렸다."

나폴레옹은 언제나 자신의 성격을 어머니의 선물이라고 생각하고 있었다. 나폴레옹의 어머니는 결단력이 강하고 총명한 여성이었다. 그의 어떤 전기에 이런 내용이 있다.

"그에게 명령을 내릴 수 있는 사람은 어머니밖에 없었다. 그녀는 부드러움 속에 엄격함을 감추고 있었으며 공명정대한 태도를 유지하는 여성이었다. 그녀는 아들이 어머니를 사랑하고 존경하고 따르게 하기 위해서는 어떻게 해야 하는지를 알고 있었다. 나폴레옹은 그 어머니로부터 종순의 덕을 배운 것이다."

그러나 나폴레옹의 뛰어난 성격의 대부분은 그 자신의 자질에 의한 것이라는 사실은 그의 형제들을 보면 알 수 있다. 많은 형제들 중에서 오직 나폴레옹 한 사람만이 위업을 이루었으며 다른 형제들은 나폴레옹의 위광을 등에 업고 그저 '추대된 것'에 지나지 않는다. 예를 들어서 큰형인 조셉도 나폴레옹과 같은 어머니에게서 태어났지만 나폴레옹 황제는 이 형의 어처구니없을 정도의 무능함 때문에 애를 먹어야 했다.

나폴레옹의 숙적인 넬슨 제독도 마찬가지였다. 넬슨은 더할 나위 없이 용감하고 고결하고 관대한 사람이었다. 시골 목사였던 형이 작위를 받을 수 있었던 것도 다름 아닌 넬슨의 무용 덕분이었다.

어머니는 아들에게 '인격의 씨앗'을 뿌린다

어쨌든 감수성이 풍부한 아이의 마음에 감화를 주는 환경은 어린이의 장래 생활에 가장 결정적인 영향을 주는 법이다. 따라서 마음 깊은 곳에 뿌리를 내려 쉽게 지워지지 않는 욕구는 대체로 태어난 직후에 생겨나는 법이다.

인생의 초기, 이 무언의 교육이 계속되는 시기에 아이는 온전히 어머니의 품속에 맡겨진다. 아이는 자연스럽게 어머니를 모방하며 자라는 것이다.

바로 이 시기에 어머니가 아이에게 인격을 주입하는 것이라고 할 수 있을 것이다. 아버지는 아이의 지력을 이끌어 내지만 어머니는 정서를 이끌어 낸다.

나폴레옹의 어머니에 대해서는 앞서도 이야기했지만 크롬웰의 어머니도 결단력, 장사수완, 건전한 사고와 분별력이라는 점에서는 누구에게도 뒤지지 않을 정도로 걸출한 여성이었다.

포스터는 그녀에 대해서 이렇게 적었다.

"살림이 가장 어려울 때에도 언제나 돈을 마련할 줄 아는 기지를 가졌으며, 온화하고 인내심 강한 성격에 더해서 그에 지지 않을 기력과 정신을 함께 가지고 있었다. 딸들에게는 자신의 손으로 일해서 마련한 지참금을 주어 각자에게 어울리는 집안의, 그것도 상당히 유복한 일족으로 시집을 보냈다. 그녀는 정직하고 사랑이 깊은 것만을 자랑으로 여겼으며, 호화로운 성에 살게 된 뒤에도 일개 주조업자였던 시절의 소박한 생활을 그대로 유지했다. 부귀영화의 한가운데 있는 그녀의 유일한 걱정거리는 위험한 영광 속에 있는 사랑하는 아들의 안전이었다."

가정은 '학교', 어머니는 '교사'

설령 아버지가 무책임한 사람이라 할지라도, 방탕하고 변변치 못한 사람이라 할지라도 어머니만 선량하고 훌륭하다면 어머니가 애정으로 가정에 올바른 규범을 보임으로 해서 아이들이 곁길로 빠지지 않고 올바른 길을 가도록 할 수도 있다. 그러나 어머니가 어찌해 볼 도리가 없는 사람이라면 아버지가 아무리 흠잡을 데 없는 인물이라 할지라도 자녀에게서 뛰어난 자질이 자라기는 거의 기대할 수 없다.

아무런 불편함도 없는 생활과 훌륭한 교육만으로는 결코 어머니를 대신할 수 없다. 가정의 영향력을 좌우하는 것은 주로 어머

니이며 가정이야말로 사회를 움직이기 위해서는 어떻게 해야 하
는지를 가르치는 학교다. 정치가라 할지라도 옛날에는 아이들 방
에서 장난을 치던 사람들의 모임이다. 아기가 손에 쥐는 노리개는
훌륭한 어머니의 수완에 따라서 양심적 정치의 고삐가 될 수도 있
는 것이다.

3

천재를 낳는
'토양'

여러 가지 예를 놓고 판단해 봐도 유전은 틀림없이 개인의 특징 전반에 걸쳐서 관계하는 것이라고 생각해도 좋을 것이다.

그러나 유전도 어쩔 수 없는 것이 하나 있다. 그것은 천재, 그중에서도 특히 시적 천재다.

재능을 대대로 물려받는 가계는 여럿 있지만 천재는 훈장과 마찬가지로 1대에 한정된 것이다. 초일류 천재를 보아도 그 부모는 특별히 이렇다 할 특징이 없는 범용한 인물로 여겨진다. 천재들은 자신들이 살아온 시대에서 오직 홀로 이채로운 빛을 발한다. 설령 천재가 자손을 남겼다 할지라도 그들은 범인의 무리 속으로 사라져 버릴 뿐이다. 천재 앞에 천재는 없으며 천재 이후에도 천재는 계속되지 않는다. 지력만 놓고 보자면 천재에게는 아버지도 어머니도 없다고 말해도 좋다. 그들 자신이 스스로의 두뇌를 만들어내는 것이다.

그들의 실제 집안보다는 오히려 그들이 태어나고 자라고 단련된 환경이 재능을 신장시킨 중요한 요소라고 말할 수 있을 것이다. 동시에 천재를 이래저래 분석해서 그 재능의 원천을 찾으려 해도 헛수고일 것이다.

'부모의 위광'의 말로

유명한 부모 밑에서 태어난 자녀가 부모가 가지고 있는 재능을 조금도 가지고 있지 않은 경우도 많다. 실제로 그들은 부모와는 전혀 다른 성격을 보이는 경우가 흔히 있다. 옛 현인들 중에는 출생이나 집안을 존중하면서도 실제로는 그러한 것이 절대적이 아니라는 사실을 깨달은 사람들도 있었다.

소ㅍ크라테스는 이렇게 말했다.

"고결한 아이가 반드시 고결한 부모에게서 태어난다고는 말할 수 없다. 또한 음흉한 아이가 전부 음흉한 부모에게서 태어나는 것도 아니다."

테미스토클레스의 아들은 말을 다루는 기술은 뛰어났지만 선량한 사람이라고는 말할 수 없었다. 그리고 아리스테이디스, 페리클레스, 투키디데스 등의 아들도 그다지 뛰어나지는 못했다.

고대 로마의 지장 게르마니쿠스는 기품 있고 정숙한 아내 아그리피나와의 사이에 자녀를 여섯 두었지만 부모의 뛰어난 자질을 물려받은 사람은 한 명도 없었다. 그중에서도 두 사람은 끔찍한 죄를 저질러 악명을 세상에 남겼다. 한 명은 아들인 가이우스 카이사르, 칼리굴라라는 다른 이름으로 더 잘 알려져 있다. 또 한 사람은 딸인 아그리피나, 그녀는 역사상 가장 악명 높은 황제인 네로의 어머니다.

황제 아우렐리우스는 고결함과 박식함의 표본과도 같은 사람이었다. 그러나 뒤를 이은 코모두스는 잔인한 사람이었다.

자식은 부모의 명성에 의지하여 세상을 살아갈 수도 있다. 하지만 그와 동시에 그는 자기 자신이 무엇인가를 이룰 기회를 잃어버리게도 된다. 할 수 있는 일이라고는 어처구니없는 어리석은 짓뿐이다. '아버지가 무명인 아들은 행운이다.' 라는 프랑스의 속담이 있는데 이는 '아버지의 위광에 의지하지 않고 살아가는 자식은 행복하다.' 는 의미로 해석할 수 있다.

노력하는 사람은 길을 찾고, 천재는 스스로 길을 만든다

고결한 정신은 물려줄 수 없는 특권과도 같은 것으로 그것은 신에게서 받을 수밖에 없다. 따라서 위인 중에서도 그 정점에 선 사람은 '역사적인 인물'이라고 말할 수 있을 것이다.

사회의 하층에서 태어났지만 기품 있는 정신을 가진 사람도 여럿 있다. 그 훌륭한 행동과 위업으로 봐서 그러한 사람이야말로 귀족이라고 부르기에 합당하다. 출생으로 인해 우연히 얻게 된 높은 신분은 그것이 아무리 사람들로부터 대접을 받아 그 사람의 처세에 도움이 된다 할지라도 그것만으로는 결코 위대한 사람이 될 수 없다. 집안이나 신분은 칭찬받아 마땅한 숭고함과는 전혀 다른 것이다.

모직물 상인의 아들이 영국문학사의 최고봉이 되었으며, 정육점 아들이 영국 시단에서 가장 뛰어난 사람 중 하나로 꼽히고 있다. 천재는 바람과 같은 것이다. 그 바람은 '제멋대로 불고 있다.' 천재는 환경을 떨쳐 내고 독자적인 힘으로 길을 개척해 나간다. 노력하는 사람은 길을 찾지만, 천재는 자신의 길을 만들어 낸다.

천재는 길러지는 것이 아니라 만들어지는 것이다. 평범한 집안에서 위대한 천재가 태어난 예는 앞서 이야기한 대로다. 이름도 없는 부모의 품에 잠들어 있는 동안 대체 어떻게 해서 그들에게 천재의 생명을 불어넣은 것일까? 육성의 법칙에 의한 것일까, 아니면 창조의 법칙에 의한 것일까? 아마도 육성과 창조의 법칙에 더해서 성장의 법칙도 관계가 있을 것이다. 우리는 기존의 법칙에 따라서 독립된 인생을 걸어간다. 그러나 천재의 지성이 번뜩일 때, 창조의 법칙은 마치 그때부터 시작된 것처럼 작용하기 시작하는 것이다.

어떤 정신이라 할지라도 환경과 주위 상황에 얼마간의 영향을 받는 것은 사실이다. 사람은 자신이 살아가는 시대에 의해서 만들어진다. 만약 기력과 의지의 힘을 물려받은 사람이 있다면 그 능력은 어려움과 장애에 부딪침으로 해서 길러진 것이다. 그런데 그 아들 세대가 되면 환경도 바뀌게 된다. 그들은 더 이상 어려움에 맞서 단련되는 일이 없다. 그들 인생의 길은 싱거울 정도로 평탄한 것이 되어 버린다. 부모의 명성을 누리는 것에 만족하며 결국에는 아주 평범한 사람들의 무리 속에 묻혀 버린다.

밑바닥에서 올라간 '천재'들

지금까지 얼마나 많은 '역사적 인물'과 '모험가'가 태어났는지. 그중에서도 미국은 수많은 '역사적 인물'을 낳은 나라다. 그런데 그 가운데서 부모에게 명성이나 재산을 물려받은 예는 찾아볼 수가 없다.

워싱턴은 농장경영에 더해서 측량기사를 하고 있었는데 그 집안을 놓고 봤을 때 미국의 걸출한 사람들 사이에서는 유일하게 예외적으로 상류계급 출신이었다.

프랭클린은 인쇄공으로 일했다. 셔먼은 구두 만드는 사람, 녹스는 제본업자, 그린은 대장장이였다. 존 애덤스와 마셜은 가난한 농부의 아들이었다. 예민하고 쉽게 흥분하며 번개와도 같았던 천재 해밀턴은 서점의 점원으로 일했었다. 농부의 아들 다니엘 웹스터는 크리스토퍼 고어의 선견지명으로 목동의 일에서 벗어나게 된 것이다. 칼훈의 아버지는 가죽 가공업자였으며, 헨리 클레이의 아버지는 뱁티스트 교회의 가난한 목사였다.

이들이 '역사적 인물'이라는 데 누가 의심을 품겠는가. 그들은 세계적 규모의 커다란 일을 한 인물들이다. 고매한 사상을 낳았으며 불후의 명작을 남겼고 위대한 그림을 그렸으며 품격 높은 상을 조각했다. '역사적 인물'은 다름 아닌 그들 자신이자 그들 자신에게서 태어난 것이다.

사실 그들은 스스로 쌓아올린 나라의 국민이다. 당시의 위대한 도전정신은 지력을 갖춘 사람이 노동을 존중하고 근면하게 일하면 반드시 보답을 받게 된다는 신념에서 태어난 것이다. 참된 영광이란 스스로 가지고 태어난 재능과 에너지로 자신을 위해서 명성과 부를 쌓는 사람에게 주어져야 할 것이다.

두뇌의 효휼화에 대해서

−머리와 몸의 '호흡'에 주목하자

1

두뇌의 '과열'은
치명타

지금까지 살펴본 것처럼 위대한 인물이란, 동시에 흔히 볼 수 없을 만큼 근면한 사람이기도 하다. 그들 중에는 일찍 개화하는 사람도 있는가 하면 늦게 꽃을 피우는 사람도 있다. 그리고 한 번도 꽃을 피우지 못하고 끝나 버리는 경우도 있으며 중간에 기려이 다해 생명을 잃는 경우도 있다.

시인이나 예술가는 창작활동을 하기 때문에 언제나 신경이 예민해져 있으며 초조함을 느낀다. 그들의 두뇌는 말하자면 전기가 흐르는 기계와 같은 것으로 끊임없이 신경을 날카롭게 긴장시키고 있기 때문에 그만큼 심신의 소모도 크다. 그들은 언제나 몸을 소모하고 있는 셈인데 거기서 회복하기 위해서는 충분한 휴식을 취하는 것 외에는 방법이 없다. 휴식을 얻지 못하면 너무 지친 나머지 몸에 이상이 생기고, 심하면 목숨까지도 잃게 된다.

뇌의 흥분은 신경, 위, 심장, 간장 등 생명을 관장하는 주요 기관 전부에 영향을 준다.

틀림없이 건강해 보이고 혈색이 좋은 사색가는 거의 볼 수가 없다. '우울하고 까다로워 보이는 철학자'라는 말이 있을 정도다. 실제로 우울증이나 소화불량에 걸리지는 않았다 할지라도 그들의 얼굴은 창백해서 병에 걸린 사람과 별반 차이가 없다. 사색가의 핏기 없는 얼굴이나 젊은 나이에 벌써 세어 버린 머리카락은 마치 눈에 뒤덮인 활화산 같은 느낌을 준다.

두뇌의 활동은 말하자면 생명력의 연소라고 할 수 있다. 불꽃이나 열을 발산하는 대신 스스로 석탄처럼 불타 버리는 것이다. 음식과 수면이라는 연료를 보충해주고 규칙적으로 휴식을 취하면 두뇌노동도 건전한 것이 된다. 그러나 일단 연료가 부족하여 소화불량이나 운동부족, 혹은 수면부족에 빠지면 두뇌활동은 몸을 상당히 소진시켜 스스로를 파멸시키게 되는 경우도 있다.

지적 노동의 성과는 건강을 수반할 때 최고의 것이라 할 수 있다

신체 각 기능을 적절히 움직이고 중추기관의 균형을 유지하는 것이 결과적으로는 건강과 연결된다. 그러나 향학심을 불태우는 학생은 신체 중에서도 특히 두뇌만을 혹사한다. 그렇기 때문에 몸의 균형을 잃고 결국에는 건강을 해치게 되는 것이다. 두뇌나 심장, 위, 피부, 발끝에 이르기까지의 모든 신경이 곤두서 있는 상태다. 가장 영향을 받기 쉬우며 섬세한 기관들만을 필요 이상으로 움직이며 반대로 근육조직은 소홀히 하여 쇠약해져 갈 뿐이다.

틀림없이 두뇌노동의 성과는 높이 평가된다. 그것이 권력이나 부나 명예와 연결되어 있다면 더욱 그렇다. 하지만 그것은 얼마나 많은 희생을 동반하는 것인지. 과로, 심리적 압박, 사고력 저하, 꿈의 좌절……, 그렇게 뜻한 바를 이루었다 할지라도 일단 잃게 된 체력과 건강은 그렇게 쉽게 되찾을 수 있는 것이 아니다.

"사람은 원래 철학자보다 기사에 적합하게 만들어져 있다."는 프리드리히 대왕의 말에도 틀림없이 일리는 있다.

적당한 두뇌노동은 건강에 좋을지도 모르겠지만 도를 넘어서면 해가 된다. 수학자, 철학자, 법률가, 저술가, 사업가—그 직업이 무엇이든— 두뇌를 혹사하는 사람은 전부 육체적인 건강을 희생양으로 삼아 일을 하고 있는 것이라고 말할 수 있다. 그 본래의 성과와는 상관없이 과중한 두뇌노동에는 질병이라는 부산물이 따라

붙는 경우가 많다.

건강해야 지력도 살아난다

건강하기만 하다면 신경의 흥분은 소화흡수, 혈액순환, 피로회복 등과 같은 작용으로 필요한 만큼 각 조직에 균등하게 분배되는 법이다. 가령 그 대부분이 뇌에 집중된다면 당연히 다른 기관으로 가야 할 몫이 부족해지게 된다. 각 기능에 혼란이 발생하며 부분적으로는 작용 자체가 정지되어 버리는 경우도 있다.

희로애락, 불안 등과 같은 감정에 가장 먼저 영향을 받는 기관이 위다. 그렇기 때문에 소화불량을 비롯해서 몸을 움직이는 일이 적은 두뇌노동자들을 괴롭히는 여러 가지 질병을 일으킨다.

거듭 말하겠는데 두뇌를 혹사하는 사람들은 건강을 희생하면서 두뇌노동을 하고 있는 셈이다. 신경기능만을 편중되게 사용하고 있는 사람의 몸은 마치 기어가 풀린 자동차와 같은 것이다. 의학자인 갈레노스가 말한 기관의 균형이 깨져 버린 것이다. 조화와 균형이 잡힌 각 기능의 규칙적인 움직임도 더는 찾아볼 수가 없게 된다. 그렇게 되면 위장의 상태도 반드시 나빠지게 된다.

부자가 되고 유명해졌다 한들 건강하지 못하다면 무엇을 위한 부이며 무엇을 위한 명성이겠는가? 두뇌노동자에게 있어서는 나날의 빵을 어떻게 벌어들이느냐가 문제가 아니라 그 빵을 어떻게 소화시키느냐가 문제인 것이다.

한 독일인 의사가 말한 것처럼 시야를 넓혀서 생각해본다면 한 인간의 건강상태가 타인의 운명을 바꿔 버리는 경우도 흔히 있다.

나폴레옹도 "마음에 들지 않는 담즙이지만 이것이 없으면 커다란 전쟁에서 이길 수 없을 것이다."라고 말했다. 틀림없이 황제의 별은 그의 건강이 쇠함과 동시에 그 빛을 잃어 갔다. 어느 옛 작가는 위를 '일가의 기둥'에 비유했다. 이 '기둥'에 어울리는 영양과 휴식을 주지 않으면 바로 초조해 하고, 골을 내고, 화를 내고 결국에는 반란을 일으킬 것이다.

존슨 박사는 "기분이 나쁘면 사람은 모두 불량배와 다를 바 없다."고 말했다. 그 어떤 사람이라도 고통을 느끼고 있을 때에는 올바른 감정을 가질 수 없다는 뜻이다. 이 말은 커다란 병뿐만 아니라 몸의 조그만 이상에도 해당되는 말일 것이다.

2

머리의 사용량과 위의 작용의
웃지 못할 상관관계

위대한 사상가들은 예외 없이 어느 정도는 소화불량에 시달리는 법이다.

칼뱅도 두통과 불면에 더해서 소화불량에 시달렸다. 칼뱅이 시도한 유일한 치료법은 절식과 금주였다. 하루 종일 먹는 것이라고는 조그만 고깃덩어리 한 조각뿐. '술, 아내 그리고 노래'를 모토로 삼았던 활달한 루터와는 참으로 다른 모습이다.

그러나 그러한 루터조차 심한 두통에 시달렸다. 그는 머리가 깨질 것 같은 고통과 이명을 다음과 같이 호소했다.

"일을 시작하면 바로 그 순간, 그야말로 온갖 소리들이 머릿속 가득 울려오기 시작한다. 바로 일을 중단하지 않으면 졸도할 정도였다."

루터는 이것을 악마의 소행이라고 생각했다. 실제 원인은 두뇌의 혹사와 위의 이상이었다. 일만 그만두었다면 두통은 곧 멈췄을 것이다.

아무래도 머리를 사용하지 않는 사람일수록 건강한 위를 가지고 있으며 반대로 머리를 쓰는 사람일수록 위의 작용이 나빠지는 듯하다. 건강한 육체노동자와 소화불량에 걸린 철학자들이라고 할 수 있겠다.

이러한 점을 생각해 본다면 잭 포인츠가 그의 작품 『학교』에서 적절하게 표현한 것처럼 '지식을 갖지 않는 것만큼 편안한 것도 없다.'

격렬한 육체노동을 하는 사람은 타조처럼 무엇이든 잘 소화시키기 때문에 위가 어디에 있는지에는 관심조차 없다. 그러나 두뇌노동자는 한 입을 먹는 데에도 주의를 기울이며 위의 존재를 언제나 의식한다. 전자의 관심은 충분한 음식을 손에 넣는 것에 있지만 후자의 관심은 먹은 음식이 잘 소화되느냐 하는 것에 있다.

건전한 사고는 건전한 '소화'에서 태어난다

독일의 한 작가는 건강하지 못한 몸을 찬미하는 글을 썼으며, 프랑스의 한 교수는 질병의 이점을 크게 논했고, 프랭클린은 통풍의 고마움을 자세하게 이야기했다. 하지만 건전한 소화와 건전한 사고가 불가분의 관계에 있다는 사실은 부인할 수 없다.

병든 위는 뇌에도 작용하여 기분과 사고에 영향을 준다. 스위프트의 신랄함은 아마도 그의 소화불량이 기분이나 성격에 반영된 결과이리라. 칼라일의 일생도 울화병과 소화불량에 의한 고통과 그에 대한 '방어전'에 여념이 없는 나날의 연속이었다.

정치가 중에도 소화불량이 원인이라고 밖에는 달리 설명할 길이 없을 정도로 성격이 급한 사람들이 있다. 정치가이자 미식가로도 유명한 프랑스인 사바랭은 자신을 가지고 이렇게 말했다.

"당신이 어떤 음식을 먹고 있는지 말해 보십시오. 그러면 당신이 어떤 사람인지 맞혀 보겠습니다."

또한 프랑스의 어떤 의사도 늘 이렇게 말했다.

"위의 상태를 듣는 것만으로도 그 사람이 어떤 사고를 가지고 있는지 알 수 있다."

고대 그리스인은 도시생활자이기는 했지만 현대의 우리보다 건강의 중요성을 훨씬 더 잘 이해하고 있었던 듯하다. 그들 시대에는 책의 숫자도 훨씬 적었으며 정신적으로 부담이 되는 시험을 볼 필요도 없었다. 그런 만큼 고대 그리스인들은 육체적인 운동을 즐길 수가 있었다.

그들은 활달하고 쾌활한 사람을 '유콜로(소화력이 왕성한 사람)'라는 말로 표현했다. 이것은 참으로 그럴 듯한 말이지만 슬프게도 현대에는 이것을 대신할 만한 말이 없다.

시드니 스미스도 예전에 이렇게 말했다.

"나는 건전한 위의 작용이야말로 성공의 가장 커다란 비결이라고 생각한다. 사람의 성격이나 재능, 덕, 자질 등과 같은 것은 우리들이 상상하고 있는 것 이상으로 고기나 파이의 껍질이나 영양이 가득한 스프 등의 영향을 받는 법이다. 나는 사람에게 먹을 것을 주느냐 아니면 굶기느냐에 따라서 그를 고결하게도 사악하게도 만들 수 있을 것이라고 곧잘 생각하곤 한다. 내가 생각해 낸 이 고문은 예전에 티모테우스가 사용한 것보다 훨씬 더 강력한 효과를 거둘 수 있을 것이다."

소화불량과 신경과민, 우울증은 위와 뇌 두 곳을 거처로 삼고 있다. 머리를 너무 많이 사용하면 몸 곳곳에까지 신경의 피로가 전달된다. 위뿐만 아니라 심장에도 부담이 가게 되어 맥박이 흐트러지면 봄 전제의 작용이 약해져 버린다. 뿐만 아니라 뇌 자체가 심각한 병에 걸리게 되는 경우도 적지 않다.

카바니스는 "인간은 신경으로 이루어져 있다."고 말했으며, 모로는 "천재는 신경의 병"이라고 말했다. 천재의 걸작이란 이와 같은 위험을 범하면서 태어나는 것이다.

앞서 말한 것처럼 뇌의 작용은 신경을 통해서 심신에 충격을 주는 전류에 비유되고 있다. 그 영향에 의한 심신의 소모는 전구와 마찬가지로 그 강도와 시간에 비례한다. 이 전기충격을 휴식과 수면도 주지 않고 쉴 새 없이 가하면 신경을 소모하여 결국에는 정신적 붕괴를 일으키게 될 것은 자명한 일이다.

3

강렬한 '지적 전류'의
원천

흔히 말하는 천재들 중에는 강렬한 지적 전류를 가진 사람들이 많다. 그것은 독특한 감성이 갑자기 폭발하거나 두뇌의 힘에 의해서 발작적으로 번뜩일 수 있다는 사실을 의미한다.

한 시인은 "시적 천재란 결국 싱싱한 감수성을 유지할 수 있느냐 없느냐에 달려 있다."고 말했다. 몽테뉴도 "사람은 격정에 휩싸여야만 비로소 무엇인가를 할 수 있다."고 말했다. 그리고 "이 세상의 모든 것은 황홀감으로까지 고양된 영혼 속에서 태어났다."고 아비센나는 말했다.

그리고 몰리에르는 코르네이유에 대해서 이렇게 평했다.

"갑자기 신이 그에게 깃들어 초월적인 아름다움을 가진 시의 선율을 묘사하게 했다. 그리고 왔을 때와 마찬가지로 갑자기 그의 곁을 떠나 버렸다."

격정적인 시인들은 대부분 혜성처럼 세상에 나타나서 한순간에 생명의 불꽃을 태우다 스러져 버린다. 그러나 인생의 가치는 단순히 삶의 길이로만 헤아려서는 안 되며 감동적인 순간이 얼마나 있었는가로 평가해야 하는 법이다. 사람이 자신의 일생을 통해서 무엇을 느끼고 무엇을 경험했고 무엇을 이루었는지가 중요한 것이다. 따라서 40세도 되지 못해서 이 세상을 떠난 재기 넘치는 사람은, 아무것도 하지 않고 80세까지 장수한 사람보다 훨씬 더 풍요로운 삶을 산 것이라고 할 수 있다.

그중에는 출중한 능력을 가지고 있으면서도 동시에 부지런히 몸을 움직임으로 해서 장수한 사람들도 있다. 그들의 지성은 해를 거듭할수록 더욱 빛을 더해 갔다. 옛 작가는 이러한 사람들을 '자연에 의해 선택받은 사람'이라고 불렀다. 그들은 건전한 육체와 강인한 신경을 가지고 있기 때문에 육체노동과 정신노동 모두를 견딜 수 있다.

예를 들자면 그 위대한 플라톤이 그랬다. 그는 건장한 육체뿐만 아니라 상상력의 풍부함으로도 잘 알려져 있다. 건강한 육체와 강인한 정신력 모두를 가지고 있었던 것이다.

그리고 시대를 따라가 보자면 미켈란젤로, 다 빈치, 괴테, 웰링턴 등도 플라톤과 마찬가지였다. 그들은 오랜 시간의 노동에 견딜 수 있는 '지구력'과 강력한 지적 파워를 겸비하고 있었다.

내리쬐는 태양, 맑은 공기는 무엇보다도 뛰어난 심신의 영양

대부분의 두뇌 노동자들은 책상에서의 일을 중심으로 생활하기 때문에 신경증이라는 폐해가 한층 더 눈에 띄게 된다. 하루 종일 책상에 앉아서 일을 해야 하기 때문에 언제나 좋지 않은 자세를 강요받으며 가슴이 압박을 받는다. 그렇기 때문에 신선한 공기를 마실 기회조차 충분하지 않다. 공기가 좋지 않은 방에서 밤늦게까지 일을 계속하면 몸의 컨디션이 최악의 상태가 된다.

공기와 햇빛은 음식 못지않게 몸에 필요한 것이다. 음식은 사이를 두고 공급하면 되지만 공기는 그렇지 않다. 호흡을 할 때마다 필요한 것이다. 폐를 올바로 팽창시키지 못하면 혈액에 충분한 산소를 공급할 수가 없다. 혈액 속에 산소가 충분하지 못하면 당연히 영양도 부족해진다. 그렇게 되면 심장의 작용도 나빠져 몸 구석구석까지 혈액이 미치지 못하게 되고 그 결과 손발이 차가워지게 된다.

학문에 뜻을 둔 사람들은 언제나 마음이 긴장되어 있고 병적일 정도로 신경질적이다. 그들의 신경은 알몸인 채로 바깥 공기를 쐬고 있는 것과 같다. 그렇기 때문에 원래는 화려하게 열어 놓아야 할 인생을 오히려 스스로 닫아 버리게 된다.

두뇌노동자에게서 흔히 볼 수 있는 허약체질은 운동을 게을리 함으로 해서 더욱 심해진다. 장밋빛 손가락으로 새벽의 문을 여는 여신, 오로라를 그린 화가는 일출을 본 적이 없었다고 한다. 그리고 많은 시인들은 햇빛도 들지 않는 어둑한 방에서 램프의 빛에 의지하여 자연을 노래하는 시를 쓰고 있다.

'여기까지! 나머지는 내일'이라는 정신이 깊은 잠을 부른다

두뇌노동자들은 남들보다 더 많이 잠을 자야 함에도 불구하고 실제로는 보통 사람들보다 적게 자는 경우가 많다. 밤늦게까지 일을 계속하면 잠자리에 든 뒤에도 오랫동안 머리가 깨어 있어 잠을 잘 수가 없다. 뇌는 활동을 계속하며 졸음은 완전히 쫓겨나 버리고 만다. 마치 물레방아가 빈 확을 찧듯이 머리만은 쉼 없이 일을 한다. 이렇게 되면 자야겠다는 의지는 아무런 도움도 되지 못하며 끝없이 피어오르는 몽상을 멈출 수가 없다.

두뇌의 활력을 되찾고 몸의 피로를 풀기 위해서는 완전한 휴양, 즉 숙면을 취하는 것 외에 다른 방법은 없다. 그러나 한잠도 자지 않거나 그저 꾸벅꾸벅 졸기만 해서는 머리도 몸도 쉴 수 있을 리 없다.

깊이 잘 수 있다는 것은 얼마나 커다란 행복인가! 이것은 젊은 이가 누릴 수 있는 최고의 행복 중 하나다. 그러나 그 고마움은 잃어 보지 않으면 알 수가 없다. 산초 판사의 대사에도 "잠은 담요처럼 모든 것을 감싸준다."는 말이 있다.

늙음이 가까워지고 끝도 없는 생각들이 끊임없이 계속되면 깃털을 넣은 베개도 딱딱한 장작처럼 느껴져 몇 번이고 몸을 뒤척여야 한다. 이것은 많은 두뇌노동자들에게 최악의 상태다.

심하든 심하지 않든 문학자라면 한 번쯤은 불면에 시달린 경험이 있을 것이다. 사업가들도 침대 속까지 걱정거리를 가지고 들어가는 것은 흔히 있는 일이다. 몇 번이고 몸을 뒤척이면서 벌써 끝나 버린 일—사업, 투기, 수익, 손실—을 이래저래 생각하게 된다. 이렇게 해서 잠을 방해받은 두뇌는 휴식으로 생기를 되찾을 틈도 없는 것이다.

존 헌터는 4시간 이상 수면을 취한 적이 거의 없었지만 저녁식사 후에는 언제나 1시간의 가면을 취했다.

그렇다면 실제로 어느 정도 수면을 취하면 되는 것일까? 이 점에 대해서는 학자에 따라서 의견이 제각각이다. 제레미 테일러는 24시간 중에서 3시간만 수면에 할애하면 충분하다고 주장했지만 아무래도 그것으로는 너무 부족한 듯하다.

설령 수면시간이 짧다 하더라도 숙면을 취할 수만 있다면 머리를 쉬게 할 수도, 또 그 활력을 회복시키는 것도 충분히 가능하다. 그러나 꿈만 꾸는 얕은 잠으로는 정말 쉬었다고 말할 수가 없다. 그리고 피로도 풀리지 않은 채 아침을 맞이하게 되는 것이다.

아마도 사람은 잠을 자지 못하면 미쳐 버리게 될 것이다. 사람에게 잠을 재우지 않는 것은 옛날부터 종교재판 등에서 고문의 수단으로 사용되어 왔다. 그리고 이 고문에 견딘 사람은 한 명도 없었다고 한다.

흥분한 머리는 꿈속에서까지 일을 계속한다. 뉴턴도 이와 같은 상태로 무의식중에 수학의 어려운 문제를 풀었다고 한다.

콩도르세도 한 복잡한 계산을 풀지 못한 채 지쳐서 잠자리에 들었는데 꿈속에서 그 문제를 풀 수 있었다고 이야기했다.

그리고 콩디야크는 『교정』을 집필할 때 잠을 자기 위해서 일단 중단을 했던 사고가 그대로 꿈속에서까지 계속되어 잠을 자는 동안 마지막까지 완성할 수 있었다고 한다.

또한 벤저민 블로디는 꿈속에서 어떤 발명을 완성시킨 친구와, 깨어 있는 동안에 머리를 아프게 하던 수학문제를 잠들어 있는 동안에 푼 친구의 예를 들었다.

잠을 잘 자지 못해서는 거물이 될 수 없다

잠은 습관에 의해서도 좌우되는 법이다. 지브롤터를 고수한 것으로 유명한 엘리엇 장군은 하루에 4시간 이상은 잠을 자지 않았다. 그는 매우 금욕적인 사람으로 먹는 것이라고는 빵과 물과 야채뿐이었다.

브룸 경은 자투리 시간이 있으면 15분이고 30분이고 수면을 취했으며 그렇게 함으로 해서 활력을 키웠다. 그는 또한 일에 변화를 줌으로 해서 기분전환이나 휴식으로 삼았다. 같은 방법을 썼던 페눌롱은 "일의 변화가 나의 기분전환이 되었다."고 말했다.

그들은 걱정거리나 근심거리, 연구나 일, 투기 등의 문제를 마치 옷이라도 벗어 버리듯 간단히 떨쳐 내고 자리에 눕자마자 바로 잠에 들어 버렸다.

크로커는 "잠을 잘 자지 못해서는 거물이 될 수 없다."고 주장했다. 그리고 예로 든 그의 마음에 드는 인물은 나폴레옹과 피트와 웰링턴 공이었다. 그들은 숙면을 취하는 재능을 가지고 있었는데 실제로 거의 시간과 장소를 가리지 않고 마음껏 가면을 취할 수 있었다. 그렇게 해서 그들은 시간을 절약, 일에 필요한 에너지를 축적한 것이다.

쾌적한 잠을 연출한다

그런데 어떻게 해서 수면을 확보할까에 대해서는 여러 가지 의견이 분분하다. 어떤 사람은 일찍 자고 일찍 일어나는 것이 가장 좋다고 말한다. 그런데 잠을 자기 위해서 인위적인 수단을 사용하는 사람도 많다. 예를 들어서 구구단을 되풀이해서 외우는 사람도 있고 시의 몇 구절을 암송하는 사람도 있다. 불면에 시달리던 한 선교사는 열심히 기도를 하면 악마가 시끄러워 하며 그를 잠에 들게 할 것이라고 생각했다. 그는 이 방법으로 실패를 한 적이 없었다고 단언했다. 또 개중에는 어떤 한 점을 상정해 놓고 그 점을 어디까지고 따라가는 일종의 최면요법에 의존하는 사람도 있다. 왓틀리 대주교는 맹렬한 두뇌노동자였는데 그것을 보충하기 위해서 충분한 수면을 필요로 했다. 특히 밤늦게까지 머리를 혹사하는 것은 뇌의 작용을 둔하게 할 뿐 아무런 도움도 되지 않는다는 사실을 주교는 잘 알고 있었다. 그랬기에 그는 휴양과 수면을 확보하기 위한 독자적인 방법을 생각해 냈다.

어느 바람이 강한 날, 필드 박사가 친구인 의사를 데리고 대주교의 집을 방문했다. 길에는 60센티미터가 넘게 눈이 쌓여 있었고 영하의 기온을 보이고 있었다. 도중에 그들은 한 노인이 나무를 베고 있는 모습을 보았다. 거세게 퍼붓는 진눈깨비가 주름 깊은 노인의 얼굴을 용서 없이 적시고 있었다. 이 집의 주인은 얼마나 냉혹한 사람인가? 눈이 내리는 날 노인에게 저런 일을 시키다니……. 친구 의사는 내심 화를 냈다. 그때 필드 박사가 이렇게 말했다.

"자네는 저기서 일하고 있는 노인이, 높은 자리에 편안히 앉아 있는 독재자의 희생양이라고 생각하여 동정하고 있을 테지만, 저 노인이 바로 대주교 본인일세. 저렇게 해서 두통을 쫓으려 하고 있는 것일세. 주교는 독서나 글쓰기를 너무 많이 해서 머리가 아파오기 시작하거나 멍해지기 시작하면 순간 도끼를 둘러메고 밖으로 뛰쳐나와 굵은 나무를 찾아서는 그것을 벤다네. 충분히 땀을

흘린 뒤에 손을 멈추고 이불에 둘러싸여 깊은 잠에 들었다가 상쾌
한 기분으로 눈을 뜨는 것일세."

훗날 대가를 치르게 되는 '자극물의 효과'

그런데 한편에서는 잠을 자기 위해서 노력하기는커녕 두뇌노동
에 더욱 전념하기 위해서 잠을 쫓는 노력을 하는 사람들도 있다니
어찌된 일인지 모르겠다. 그를 위해서 어떤 사람은 커피나 홍차를
마시고 또 어떤 사람은 독한 술을 마신다.

커피는 기분을 끌어올려 준다는 이유로 많은 두뇌노동자들이
즐겨 마신다. 틀림없이 머리가 흐릿할 때에는 커피도 나쁘지 않을
것이다. 그러나 신경질적이고 근심걱정이 많은 사람에게는 해가
더 많다. 그들은 걸핏하면 커피를 마셔서 아무래도 너무 많이 마
시게 되기 때문이다.

프랑스의 역사가 미슐레는 매일 아침 6시에 일어나 커피를 마신
뒤 일을 시작하는 것이 습관이었다. 그리고 때로는 커피를 마시며
6시간 동안이나 계속해서 일에 몰두했다. "이는 다름 아닌 커피
덕분이다."라고 그는 말했다. 그리고 미슐레는 18세기 혁명의 숨
은 공로자는 커피이며, 최근 국민의 사기가 오르지 않아 프랑스가
고전하는 것은 커피보다 담배를 즐기는 사람이 늘었기 때문이라
고 말했다.

잠을 쫓는 또 하나의 수단은 홍차를 마시는 것이다. 자극성이라

는 점에서 보자면 아마 커피보다도 홍차가 더 강할 것이다.

존슨 박사는 주로 홍차를 즐겨 마셨다. 때로는 한 가지 일을 마치는 동안에 스무 잔이나 되는 홍차를 마신 적도 있었다. 물론 당시의 찻잔은 지금보다 훨씬 작았지만. 틀림없이 홍차를 지나치게 마셨기 때문에 불면과 신경과민에 시달리게 된 것이리라.

두뇌노동자의 대부분은 알코올뿐만 아니라 홍차를 적당히 마시려는 용기조차 가지고 있지 못하다. 커피나 홍차로 졸음을 쫓을 필요도 없이 그들의 뇌는 이미 잠을 자고 싶어도 잠을 잘 수 없을 정도의 흥분상태에 있다. 잠을 쫓기보다는 오히려 청하는 편이 좋을 테지만 커피나 홍차는 불면을 한층 더 심하게 만드는 결과를 낳는다.

알코올도 종류와는 상관없이 도가 지나치면 몸뿐만 아니라 정신에도 해를 끼칠 가능성이 있다. 그럼에도 불구하고 어느 시대에나 시인들은 술을 찬미하는 노래만을 불러 왔다.

잠이 오지 않는다면 뇌를 너무 많이 쓴 것

앞서 이야기한 것처럼 불면은 머리를 너무 많이 쓴 것에 대한 일종의 경고와도 같은 것이다. 잠을 자지 못하면 그것이 정신적인 스트레스가 되어 결국에는 무거운 우울증에 걸리게 될지도 모를 일이다.

뉴턴은 로크에게 보낸 편지에서 "지난 두 주 동안 자리에 누워도 한 시간 이상 잠을 자지 못했으며 그중 5일 동안은 한잠도 자지 못했습니다."라고 불면의 괴로움을 호소했다. 이는 침식을 잊고 연구에 몰두한 탓이기도 하고 또 하나는 연구실의 화제로 동요한 탓이기도 했다. 그 결과 뉴턴은 일시적인 착란상태에 빠졌고 수개월의 회복기를 필요로 했다.

네루다는 정밀한 과학 연구에 전념하는 것은, 어떤 의미에서 정신장애 예방에 도움이 된다고 말했다. 그러나 말할 필요도 없이 이는 연구가 규칙적으로 적당하게 행해져야 한다는 것이 필수조건이다. 장시간 연구에 몰두하면 자칫 마음의 균형이 깨지기 쉽다. 정신적인 무절제도 육체적인 무절제에 뒤지지 않을 만큼 해가 많은 것이다.

자연스러운 잠이 부족하면 체질에 따라서는 심신의 병이나 우울증에 걸리게 될지도 모른다. 그렇게 되면 감각이나 사고가 병적 상태가 되어 이 세상 모든 것이 어둡고 우울하게 여겨진다.

'세상에서 가장 우수한 인물 중 한 명'이라고 칭송받았던 파스칼은 지나친 연구로 뇌에 이상이 와서 무거운 우울증에 시달렸다. 자신이 서 있는 바로 옆에 불을 내뿜는 끝없는 심연이 펼쳐져 당장에라도 그 심연에 떨어질 것 같은 환각에 시달렸다. 파스칼은 39세의 젊은 나이로 세상을 떠났는데 해부 결과 뇌질환이 분명한 사인이었다.

머리만 발달한 나약한 천재들

기지에 넘치고 유머감각이 풍부한 사람들조차 우울증에 걸리는 경우가 많다. 극장이나 서커스에서 관객들을 웃음의 도가니로 몰아넣는 장본인이 사실은 우울함에 시달리는 경우가 흔히 있다. 유머리스트인 호프만은 "악마는 언제나 표면적으로는 선량하게 보이는 사람 뒤에 숨어 있는 법이다. 어떤 사람에게나 악마의 꼬리가 붙어 있다."고 말했다.

어느 날, 완전히 의기소침하여 소화불량에 걸린 환자가 애버내시라는 의사에게 진찰을 받기 위해 찾아왔다. 의사는 환자의 혀를 보기도 하고 맥박을 재기도 하는 등 대략적인 증상을 살펴본 뒤 다음과 같이 말했다. "특별히 좋지 않은 곳은 없는 듯합니다. 당신에게는 기운을 북돋워 줄 사람이 필요합니다. 당신의 기분을 좋게 해줄 만한 사람이. 그 재기 넘치는 그리말디를 한번 찾아가 보십시오. 그의 이야기를 듣고 마음껏 웃는 겁니다. 당신에게는 약보다 그러는 편이 더 효과적일 것입니다." 절망적인 얼굴로 그 환자가 외쳤다. "무슨 말씀이십니까? 제가 바로 그 그리말디입니다."

"천재는 그 머리 때문에 몸을 망친다."고 피넬은 말했다. 그들은 설령 불멸의 명성을 손에 넣었다 할지라도 결국 마지막에는 그것을 맛볼 사이도 없이 스러져 버린다. 명성 대신 지불해야 하는 대가는 참으로 무거운 것이다. 명성은 괴로운 두뇌노동 가운데서 태어나 때때로 불면과 병고라는 자기희생을 수반하는 법이다. 천재

의 영광은 화려하기는 하지만 그와 동시에 비애에 가득한 것이기
도 하다.

생트 뵈브는 『발랑슈 전기』에서 이렇게 말했다.

"가엾은 천재들이여. 그들의 몸은 그 위대한 두뇌에 비해서 얼
마나 나약한가. 나약하기 때문에 위대한 것이며, 위대하기 때문에
나약한 것이다! 세상의 철학자나 시인들, 그리고 사상가들이여,
사람들 위에 서려 하지 말라, 자신을 과신하지 말라……."

4

'무상함'을 음미해야만
생명의 가치를 알 수 있다

모든 생명은 한순간에 사라져 버린다. 목숨이 다하는 것은 빠르며 죽음은 확실하게 찾아온다. 그렇다면 사람들은 어째서 문학을 추구하는 것일까? 영광과 명성은? 지상의 한구석에서 태어나는 조그만 소리, 즉 '망각이라는 거대한 호수의 조그만 한 방울', 혹은 '겨우 알아들을 수 있을 정도로 작은 타인의 조용한 숨결' 단지 그것에 지나지 않는다. 아름다움이란 무엇일까? 하루 만에 시들어 버리는 장미꽃. 건강이란? 언제 잃을지 알 수 없는 행복. 젊음이란? 시간이 갉아먹는 보물.

감수성이 풍부할수록 이 세상의 기쁨이 전부 덧없는 것이라는 사실을 느끼지 않을 수 없다. 천재들의 마음에는 언제나 지적 슬픔이 그림자를 드리우고 있다. 이 세상에 살아 있는 모든 것들 중에서 인간의 존재란 참으로 하찮기 짝이 없는 것이며 끝없이 흐르는 시간 속에서 사람의 일생은 찰나에 지나지 않는다. 아직도 우리의 손길이 닿지 않은 채로 잠들어 있을 것임에 틀림없는 광대한 영역의 지식에 비하면 인간이 알고 있는, 아니 알 수 있는 것은 실로 작은 부분에 지나지 않을 것이다.

그러나 동시에 우리에게는 주어진 능력을 키워 나가야 한다는 의무가 있는 것도 사실이다.

'그저 먹고 자는 것만이 그 본래의 목적이라면

인간이라는 사실에 무슨 의미가 있겠는가? 그저 짐승일 뿐, 그 외에는 아무것도 아니다

충분히 생각한 뒤에 만반의 준비를 갖춰

우리 인간을 보내신 창조주는

우리의 재능과 이성을

그대로 썩히라고 주신 것이 아니다'

'빨리 익은 과일은 썩는 것도 빠르다'

두뇌의 혹사나 지나친 신경의 사용에 의한 폐해는 학교의 주입

식 교육을 비롯하여 지난 몇 년 동안 더욱 늘어나기만 할 뿐이다. 몽테뉴도 말했다.

"당시의 나는 지식의 주입으로 인해서 마음의 여유를 잃고 인간다움을 잃어버린 사람들을 참으로 많이 보았다."

틀림없이 요즘에는 필요 이상으로 교육의 중요성이 강조되고 있다. 그러나 그 실체는 '책에 의한 교육', '책만의 교육'에 지나지 않는다. '읽어라, 읽어라, 읽어라!' 마치 기르고 단련해야 할 것으로 신께서 머리만을 준 것 같은 느낌이다.

부모는 아이들을 오로지 학교에만 맡긴다. 그리고 아이들은 학교에서 가능한 한 짧은 시간에 대량의 지식을 머리에 주입받는다. 그것은 신체 가운데서도 가장 섬세한 두뇌에게, 원래대로 하자면 1년 이상 걸리는 노동을 1개월 만에 시키려는 것과 같은 것이다.

지식의 주입을 견뎌 내고 경쟁에서 이긴 일부 학생을 신동처럼 애지중지한다. 하지만 그런 아이들이 과연 건강을 유지할 수 있을까? 학교 성적보다 건강이 훨씬 더 중요하지 않은가? 좋은 성적을 내는 아이들의 대부분은 신경을 너무 많이 소모해서 재능을 잃거나 혹은 심신 모두 병에 걸려 버린다. 또 때로는 폐인이 될지도 모른다.

시험 성적이 아이들의 미래를 결정한다는 목소리도 있지만 그것은 커다란 오해다. 이미 살펴본 것처럼 이름을 떨친 천재들의 대부분은 학교에서 눈에 띄지 않는, 굳이 말하자면 우둔한 학생들이었다. 사실 그들은—공부를 시작한 시기가 늦은 소년, 따라서 충분히 신체를 단련시키고 성장시킬 여유가 있었던 소년은— 인생이라는 실전의 장에서는 그들보다 훨씬 먼저 두뇌를 개화시켰던 '신동' 들을 바로 따라잡고 또 추월해 버린다.

어렸을 때부터 머리를 함부로 혹사하지 않고 쉬게 내버려 두는 것이 건강을 위해서는 훨씬 좋다. 건강은 일단 잃으면 회복하기가 어려운 법이다. 시험이란 요즘의 부모들이 자기 자녀들을 희생양으로 바치는 '몰렉 신' 의 제단에 다름 아니다. 장학금이나 순위가 그들의 능력을 자극한다. 그러나 그들이 시험에 합격한 뒤, 혹은 그것을 위해서 노력해 온 여러 가지 명예를 손에 넣은 뒤, 그들의 건강은 어떻게 되어 있을까? 틀림없이 그들의 대부분은 지쳐서 빈 껍데기처럼 되어 버릴 것임에 틀림없다. 어렸을 때 신동이라 불리던 소년, 소녀가 실제 사회의 생존경쟁에 견딘 예는 거의 없다. 신동이 대성하지 못하는 것은 어느 시대에서나 마찬가지다. 그들은 마치 '빨리 익은 과일은 썩는 것도 빠르다.' 는 속담의 살아 있는 표본과 같은 것이다.

제대로 사용할 능력이 있어야만 지식도 살아난다

보이드 카펜터는 "대학 시험에서 우수한 성적을 기두고 졸업한 후 세상에 나와서 이름을 떨친 사람보다 그렇지 못한 사람들이 훨씬 더 많다."고 말했다. 카펜터는 그것을 주입식 교육 때문이라고 생각하고 다음과 같이 말했다.

"교육 본래의 목적은 자신의 능력을 최대한 살려서 사용할 줄 아는 사람으로 만드는 것이다. 그렇지 않다면 어떤 교육도 무의미한 것이다. 지식으로 가득 찬 머리는 그것을 제대로 활용할 줄 아는 능력이 수반되지 않는 한 누구에게도 도움이 되지 않기 때문이다."

참된 교육이란 사회적 사업에 적합한 정신과 육체를 만드는 것으로, 다시 말하자면 습관이나 규율에 의해서 자신을 단련하는 것, 도움이 되는 실제적인 지식을 익히는 것, 용기와 인내, 혹은 그러한 정신적인 자질에 어울리는 건강하고 씩씩한 신체를 만들어 내는 것이다.

정신과 육체의 온갖 기능은 적정하고 올바르게 사용되도록 이루어져 있다. 어쨌든 건강을 위한 조건에 대한 매우 당연한 지식을 갖는 것은 반드시 필요한 일이다. 자신의 몸에 대한 아주 사소한 관찰과 약간의 생리적 지식만 있다면 시인이나 저술가, 혹은 철학자도 평균적인 건강은 유지할 수 있을 것이다. 이것은 인간의 평균수명을 보면 알 수 있는 일이다.

중요한 것은 모든 일에 절제를 할 줄 아는 것이다. 고대 로마의 시인인 호라티우스도 '황금의 중용' 을 강조했다. 또한 건강하기 위한 조건으로 중용에 뒤지지 않을 정도로 필요한 것이 쾌활함이며 이 두 가지기 있어야 비로소 인생을 의미 있게 살아갈 수 있는 것이다.

그러나 현재의 교육은 단지 지식만을 주입하여 시험에 '합격' 하는 것만을 목적으로 삼고 있다. 그런 편협한 교육으로는 실제 사회에 나가서 아무런 도움도 되지 못할 것이다.

PART 07

인생, 과열에 대한 교훈

-하루하루 피로를 모르는 삶의 지혜

1

활력을
창조하기 위해서

레크리에이션은 '창조'다. 육체와 두뇌의 혹사로 소진한 체력과 사고력을 다시 크리에이트(창조)하는 것이 레크리에이션의 참된 의미다.

수면 역시 일종이 레크리에이션이다. 깊이 잠을 자면 그만큼 기력도 회복할 수 있다. 그러나 두뇌노동자들에게 필요한 것은 다른 의미에서의 휴양, 즉 좀 더 적극적인 레크리에이션이다. 국민이 활기에 넘치는 나라에서는 레크리에이션도 활기차게 행해진다.

영혼의 거처인 육체를 잘 사용하고, 잘 단련하라

폐를 자유롭고 충분하게 확장시켜야만 비로소 운동이라고 할 수 있다. 몸의 중요한 기관은 대부분 가슴에 모여 있다. 새로운 혈액을 몸 구석구석까지 보내기 위해서 몸 전체의 혈액이 심장과 폐 속을 한 시간에 12번이나 순환한다고 한다. 이 설을 믿는다면 신선한 공기를 충분히 공급하는 것이 얼마나 중요한지를 바로 이해할 수 있을 것이다.

그것은 육체와 정신의 건강을 유지하고 근육의 피로와 사고력을 회복시키기 위해서도 반드시 필요한 일이다. 실제로 의지의 강인함이나 정신력은 심장의 강인함과 관계가 있으며 사고력이 호흡기 계통의 강인함과 관계되는 것은 결코 드문 일이 아니다. 잠재적인 힘, 다시 말해서 어떤 일을 용기를 가지고 해내는 의지력은 마지막까지 힘차게 행동을 해낼 수 있을 만큼의 체력이 있어야만 비로소 생겨나는 법이다. 종전의 철학에 결함이 있다고 한다면 그것은 인간의 신체에 대해서 그렇게 깊이 추구하지 않았다는 점이다. 왜냐하면 바로 거기에 인간의 지성과 도덕의 비밀이 숨어 있기 때문이다.

'자연의 법칙'에 따라서 무리 없이 살아갈 것

어쨌든 정신의 활력을 충분히 축적하고 그것을 유지하기 위해서는 그에 상응하는 주의를 신체의 작용에 기울일 필요가 있다.

사람은 자연의 법칙에 따라서 무리 없는 생활을 해야 한다. 자연을 거스르면 질병이나 고통과 같은 대가를 지불하게 된다 할지라도 어쩔 수 없는 일이다. 신체의 법칙은 중력의 법칙처럼 거역할 수 없는 것이니.

그렇다고 해서 끊임없이 몸에 대해서만 생각할 필요는 없다. 너무 몸에 대해서만 생각한 나머지 진짜 질병에 걸려 버린 예도 적지 않기 때문이다. 자연을 거스르지 않고 살아가기 위해서는 우선 건강의 법칙에 대해서 적당한 지식을 가질 필요가 있을 것이다. 정신의 활력은 물론 행복한 나날을 보낼 수 있느냐 없느냐 하는 것도 전부 건강에 달려 있다. 우리의 신체는 영혼의 거처이며, 신체를 통해서만 사람은 무엇인가를 창조해 낼 수 있는 것이다.

비명을 지르는 '두뇌 소화불량' 환자

"건강하지 못하다고 행복해질 수 없는 것은 아니다."라고 시드니 스미스는 말했다. "그러나 그것은 매우 어려운 일이다. 내가 여기서 말하는 '건강'이란 단순히 무거운 병에 걸리지 않은 상태를 말하는 것이 아니라 몸이 활력과 생기로 넘쳐 나고 완전히 조화를 이룬 상태를 말하는 것이다."

아이들에게 있어서 불행한 일은 생각이 깊지 못한 부모에 의해서 자연의 의지에 반하여 어렸을 때부터 머리를 쓰도록 강요받는 일이다. 그렇기 때문에 그들의 몸은 일찍부터 '완전한 조화'를 잃어버린다. 그리고 그 결과가 질병이나 몸의 이상이라는 형태가 되어 나타나는 것이다.

머리를 너무 많이 써서 신경만 지나치게 흥분을 하면 몸의 기능은 저하되기만 할 뿐이다. 머리는 언제나 전부 처리할 수 없을 정도의 일을 끌어안고 있지만 몸은 남아도는 시간을 주체하지 못하게 된다. 머리에는 영양이 가득 채워져 있지만 중요한 식욕은 떨어져 갈 뿐. 이렇게 해서 세상에는 창백한 얼굴을 한 소화불량 환자가 끊이질 않는 것이다.

"어떤 것이든 묽은 혈액보다는 낫다."고 홈스 박사는 말했다. 마셜은 "인생은 건강해야만 비로소 인생이라고 부르기에 합당한 것이다."라고 말했다.

피로한 뇌세포의 활력 회복법

아이들 심신의 건강을 위협하는 주입식 교육의 폐해에 대해서는 앞 장에서 이미 이야기했으니 여기서 되풀이할 필요는 없을 것이다.

그런데 건강을 위협하는 것은 그것뿐만이 아니다. 현대에서 볼 수 있는 과로도 그중 하나다. 상업, 학문 그리고 법률과 정치, 문학 모두가 어지러울 정도로 빠르게 변해 가고 있다. 따라서 심신은 하루하루 상당한 피로를 느끼게 된다. 섬세한 기관일수록 계속되는 긴장에는 약한 법이다. 그렇기 때문에 긴장에 의한 부담에서 몸의 조직을 지키기 위해서 자연의 힘이 쉴 새 없이 작용하는 상태가 된다.

지나치게 사용해서 소진된 체력은 식사와 수면으로 어느 정도 회복할 수 있다. 그러나 쇠약해진 소화력으로는 그것조차도 ‘언 발에 오줌 누기’인 경우가 많다. 물론 커피나 홍차 등과 같은 인공적 자극물로 잠시 활기를 되찾을 수는 있을 것이다. 그러나 섬세한 뇌세포와 그 이상으로 섬세한 위를 다시 원래의 건강한 상태로 되돌리기 위해서는 편안하게 쉬거나 몸을 움직이는 것이 가장 효과적이다.

도를 넘어서지만 않는다면 두뇌노동도 육체노동에 뒤지지 않을 만큼 쾌적한 것이다. 그 쾌적함을 오래 유지하기 위해서는 일한 뒤에 충분한 휴식을 취해 주는 것이 중요하다.

책을 한 권도 쓰지 않았던 소크라테스의 지혜

소크라테스가 아리스토테마스에게 이렇게 물었다.

“철이 들 무렵부터 언제나 우리들의 마음속에 머무는, 그칠 줄 모르는 삶에 대한 집착과 죽음에 대한 공포를 도대체 어떻게 생각하면 좋겠는가?”

그에 대해서 아리스토테마스는 다음과 같이 대답했다.

“그것은 자신의 작품을 오래도록 세상에 남기려 했던 위대한 예술가의 소행임에 틀림없다.” 2천 년도 더 전에 주고받은 이 말은 지금도 역시 진리를 전해주고 있다.

영혼이 깃드는 장소로 고대 그리스인들이 육체를 특히 중요하게 생각하여 거의 존경에 가까운 감정까지 품고 있었다는 것은 그들의 뛰어난 지혜 중 하나다. 그들은 정신에도 육체와 같이 충분한 레크리에이션을 부여했다.

그중에서도 소크라테스는 가장 현명한 인물 중 하나였다. 그는 단 한 권도 책은 쓰지 않고 단지 친구나 제자들에게 이야기를 하며 돌아다녔을 뿐이다. 오늘날 우리가 소크라테스에 대해서 알 수 있는 것은 그의 제자나 숭배자들이 남긴 회상록에 의해서다. 현재 남아 있는 소크라테스에 대한 전설 중에서 그가 레크리에이션의 하나로 목마를 타며 즐겼다는 이야기가 있다. 그리고 몸을 움직이고 싶지 않을 때에는 하프를 연주하여 마음의 평안을 되찾았다고 한다.

소크라테스의 제자인 플라톤도 레크리에이션을 열심히 행한 사람이었다. 그는 고대 그리스에서 행해졌던 모든 스포츠에 능했던 사람이다.

아리스토텔레스도 저서인 『윤리학』에서 '몸을 움직이거나 취미를 갖는 것은 수면이나 휴양에도 뒤지지 않을 만큼 건강한 인생에 없어서는 안 될 것이다.' 라고 말했다.

이처럼 고대 그리스인은 가장 합리적인 수단으로 인간의 자질 전체를 신장시키려 노력했다. 다시 말해서 그들은 운동을 모든 교육의 기본으로 생각했으며 교육에 의해서 정신을 기름과 동시에 몸도 단련하여 강하게 만들려 했던 것이다. "건전한 정신은 건전한 육체에 깃든다."는 격언이야말로 고대 그리스인의 신조였다.

발랄한 정신으로 힘차게 일을 하기 위해서는 충분한 휴식을 취하고 적당한 레크리에이션으로 심신을 풀어 줄 필요가 있다. 마음의 건강을 유지하기 위해서는 그것이 최선의 방법이다. 활은 그렇게 간단히 휘어 버리지 않는다. 원래대로 돌아갈 수 없을 정도로 탄력이 떨어지지 않는 한은.

진수성찬은 가끔 먹기에 맛있는 것이다

사도 요한에 얽힌 전설적인 일화가 몇 개 남아 있다. 우리는 거기서 단순하지만 매우 중요한 교훈을 얻을 수 있다.

어느 날 한 사냥꾼이 요한의 집 근처를 지나고 있었는데 요한이 문 앞에 앉아 어린아이처럼 순진한 모습으로 손 안의 새를 쓰다듬고 있었다. 근면하고 부지런한 요한이 그저 한가로운 시간을 보내는 모습을 본 사냥꾼은 깜짝 놀랐다. 놀란 사냥꾼을 본 요한은 이렇게 말했나. "낭신은 어째서 활을 언제나 휘어진 채로 놓아두지 않는 겁니까?", "그러면 활의 힘이 당장 떨어져 버립니다.", "그렇군요. 그런데 저의 머리도 마찬가집니다. 편안히 쉴 시간을 주지 않으면 빨리 쇠해 버립니다. 마치 활처럼."

아무것도 하지 않고 지내는 시간을 전부 게으름이라고는 말할 수 없다. 두뇌노동자에게 그것은 밤샘의 피로를 씻어 주고 날카로 워진 신경을 달래주고 초조한 마음을 날려 주는 최고의 특효약이 된다. 왜냐하면 머리를 혹사시킨 뒤의 완전한 휴식만큼 효과적인 약도 없기 때문이다.

그런데 개중에는 절대로 휴식을 취하려 하지 않는 사람들도 있다. 그들은 일을 하지 않고 허송세월을 보내는 것에 양심의 가책과도 같은 것을 느끼고 있는 것임에 틀림없다. 그러나 여가나 레크리에이션은 일의 능률을 높여 주는 가장 중요한 요소이다. 일과 인간의 행복을 서로 떼어 놓을 수 없는 것처럼.

일의 변화 자체가 기분전환이 되는 경우도 있다. 무슨 일이나― 특히 쾌락은― 오래 계속하면 자연스럽게 질리기 마련이다. 로시니는 작곡에 지치면 요리를 하면서 기분을 전환했다. 특히 그가 만든 마카로니치즈는 천하일품이었다고 한다. 혀는 기름진 음식에 싫증이 나면 가장 소박한 맛을 추구하는 법이다. 일도 그와 마찬가지다.

책상에서의 일이 습관이 되어 버려서, 아무것도 하지 않고 한가로운 시간을 보내고 싶지는 않지만 그렇다고 해서 몸을 움직일 마음도 들지 않는 사람들은 연구 대상에 변화를 줌으로 해서 기분전환을 꾀하고 있다. 다시 말해서 그들은 지금까지 전념해 왔던 연구를 일시 중단하고 다른 연구에 몰두하는 것이다.

생활의 메뉴에
다채로움을 더해라

고대 로마의 의학자인 켈수스는 "건강을 유지하고 싶다면 일이나 연구에 다채로움을 더해야 한다."고 조언했다. 일정 시간 일이나 연구에 전념했다면 다음에는 전혀 다른 일—사냥이나 수영, 조깅, 승마, 체조 등—에 열중해 보기 바란다. 로욜라도 2시간을 일하고 난 뒤에는 반드시 휴식을 취해서 머리를 쉬게 해줄 것을 신자들에게 권했다.

한편 하찮은 일에 관여하는 시간을 다른 유익한 일을 하는 데 써야 한다는 주장은 높은 평가를 받아 마땅하다.

다음의 말에서 알 수 있는 것처럼 시저는 그것을 훌륭하게 실천했다.

"설령 전장이라 할지라도 나는 텐트 속에서 언제나 싸움 이외의 여러 가지 일들을 생각하는 시간을 가졌다."

틀림없이 사고의 범위를 넓히는 것이 활력을 낳는 비결일 것이다.

자신의 손을 움직이는 여가활동으로 활력을 충전하자

태만에는 두 가지가 있다. 하나는 단순한 시간 보내기, 또 하나는 즐거움을 위한 여가다. 빈 시간을 자기 뜻대로 편안하게 보내는 자에게 있어서 여가란 언제나 귀중한 것이다.

그런데 바쁜 두뇌노동자가 앉은 채로 즐기는 것에는 독서를 따를 만한 것이 없다. 게다가 마음을 진정시켜 준다는 점에서 독서 이상의 효과를 가진 진정제는 없다. 그리고 읽는 것뿐만 아니라 무엇인가를 써 보는 것도—잘 쓰고 못 쓰고와는 상관없이— 기분전환에 좋다.

"내게는 흠잡을 데 없는 장서와 멋진 정원이 있다."고 한 철학자가 말했다. "내 손으로 정원을 가꾸는 것은 더할 나위 없는 기쁨이다. 이 일은 다른 사람을 의식할 필요도 없다. 왜냐하면 내가 뿌린 씨앗이 곧 지상에서 아름다운 꽃을 피우는 모습을 바라보는 것만큼 순수하게 기뻐할 수 있는 일도 없기 때문이다."

다채로운 재능을 가지고 있는 사람들조차 자신의 손으로 과실을 맺게 하는 것만큼 즐거운 일도 없다고 말한다. 자신의 손으로 만든 거친 의자, 자신의 손으로 기른 꽃이나 열매, 자신의 손으로 궁리해서 만들어 가꾸는 채소의 온실, 이러한 것들은 무엇에도 뒤지지 않는 훌륭한 기쁨을 가져다준다. 거기에는 언제나 노동의 향내가 감돌며, 정성의 결과를 맛볼 수가 있다.

디오클레티아누스는 황제의 자리에서 물러난 뒤 다시 한 번 황제의 자리에 올라 달라는 부탁을 받았다. 그때 그는 찾아온 사람들에게 이렇게 대답했다.

"내가 정성껏 키운 멜론이 얼마나 실하게 여물었는지를, 그리고 내가 이 손으로 경작한 집 주변의 농원을 본다면 내게 그런 부탁은 하지 못할 것이다."

칸트의 '두뇌 중노동'을 지탱해준 산책의 한때

사냥이나 승마는 사치스러운 취미로 단순히 건강 유지를 목적으로 하는 서민은 즐길 수 없는 스포츠일 것이다.

하지만 그 외에도 논이 늘지 않는 레크리에이션은 얼마든지 있다. 그중에서도 가장 좋은 것이 산책일 것이다. 산책은 누구에게나 가능한 일이다. 그리고 때로는 자전거로 변화를 주는 것도 좋다. 산책은 약간의 근육운동도 되며, 시간과 운동화만 있으면 돈은 한 푼도 들지 않는다. 보트 경기나 낚시나 승마와 달리 준비할 것도 없다. 마음만 내키면 언제든지 나설 수 있으며 가볍게 즐길 수 있다. 그리고 산책은 머리의 작용을 방해할 만큼 과격한 운동이 아니기 때문에 걸을 때에도 서재에 있을 때처럼 머리가 움직이는 법이다.

다시 말해서 머리를 적당하게 사용하지 않으면 몸을 움직여도 별로 의미가 없다는 말이다.

키케로는 이렇게 말했다. "루실리우스와 스키피오는 마치 죄수가 도망을 치듯 도회의 임무에서 벗어나 시골로 가서 아이들처럼 뛰어놀았다고 한다. 그들이 카이에타 해변에서 조개를 줍거나 그 외의 온갖 놀이로 기분전환을 하던 모습은 스카이볼라가 자세히 기록한 바 있으니 여기서 다시 이야기할 필요는 없을 것이다. 틀림없이 기분전환도 하지 못하는 사람은 자유로운 사람이라고 할 수 없을 것이다."

그리고 그는 이렇게 말했다.

"특별한 목적도 없이 그저 멍하니 시간을 보내라는 것이 아니다. 열심히 일한 뒤에 얻은 귀중한 여가를 위해서 때로는 뛰쳐나갈 수 있는 피난장소를 만들어 두라는 의미다."

임마누엘 칸트는 날씨와 상관없이 언제나 정해진 시간을 산책에 할애했다. 식사는 대부분 누군가와 함께 했지만 결코 폭음, 폭식을 하지 않았으며 엄격하게 절제를 했다. 그는 오전에 연구를 했고 저녁은 담소와 가벼운 독서로 보내 편안한 기분으로 잠자리에 들 수 있도록 했다. 칸트는 선천적으로 병약했는데 언제나 건강에 신경을 써서 80세까지 장수할 수 있었다.

칸트의 이 이야기는, 두뇌의 건전한 작용을 지탱하고 있는 몸에 끊임없이 주의를 기울이면 아무리 머리를 사용하는 일을 한다 할지라도 충분히 장수할 수 있다는 사실을 보여준다.

다리는 눈에 보이는 심장

미국의 유명한 신학자 티모시 드와이트가 어쩌면 목숨을 앗아갔을지도 모를 뇌의 병을 극복할 수 있었던 것은 오로지 산책 덕분이었다고 한다. 그는 매우 이른 시기에 두뇌노동자가 되었다. 겨우 17세에 중학교 교단에 섰으며 20세가 되기도 전에 예일 대학에서 교편을 잡았다.

그는 6시간 동안 강의를 한 뒤, 9시간 동안 자신의 연구에 몰두했는데 그 사이에 한 번도 책상을 떠나지 않았다고 한다. 이래서는 아무리 건강한 몸을 가진 사람이라 할지라도 건강을 유지할 수 없다. 이것은 완전히 정신이 나간 짓으로 그저 어리석은 행동에 지나지 않는다. 아니나 다를까 신경이 극도로 쇠약해져서 한 번에 15분 이상 책을 읽을 수없는 상태가 되어 버렸다.

그러나 그런 상태도 얼마지 않아 끝났다. 어느 날 갑자기 눈이 보이지 않게 된 것이다. 연구도 당연히 중단할 수밖에 없었다. 그러나 정신은 전과 다름없이 활발하게 작용했으며 무엇보다도 많이 걷게 되었다. 그 때문인지 점차 시력이 회복되었다. 그것을 계기로 그는 장기적인 도보여행에 나섰으며 건강을 완전히 되찾았다. 그 여행의 성과는 『미합중국의 여행』이라는 귀중한 시리즈가 되어 세상에 나왔으며 얼마지 않아 그것은 세계 각국에서 널리 읽히게 되었다.

대작곡가인 베토벤은 그의 말년에 난청과 신경증에 시달렸다. 그에게는 두 가지 이상한 버릇이 있었다. 그것은 무턱대고 시골길을 걷는 것과 틈만 나면 하숙을 바꾸는 것이었다.

베토벤은 평생을 독신으로 살았으며 또 정주할 집도 거의 갖지 않았다. 어떤 하숙에 자리를 잡았다 싶으면 그 방의 결점이 마음에 들지 않아 다음 하숙을 찾으러 다닐 정도였다.

그 외에는 대부분 시골로 가서 녹초가 될 때까지 몇 시간이고 걸었다. 베토벤에게 있어서 운동은 날카로워진 신경을 진정시키고 숙면을 취하기 위해서 없어서는 안 될 것이었다.

3

취미를 통해 자신을
두 배로 활용하자

일정한 일에 종사하는 사람이 자칫 틀에 빠지기 쉬운 일상에서 벗어나 마음을 다른 곳으로 향하게 하는 것은 매우 건전한 일이다. 무엇인가를 진심으로 기다리는 것이야말로 취미의 즐거움이라고 할 수 있을 것이다. 설령 그것이 아무리 하찮은 것이라 한지라도 때로는 그것이 편안함이 되어 마음을 달래 주는 법이다.

나날의 마음고생 때문에 기분전환이 필요한 사람에게 취미가 있다는 것은 멋진 일이다. 사람은 가능한 범위 안에서 어떤 취미를 가지고 귀중한 여가를 충분히 즐겨야 한다.

취미를 찾아내는 첫 번째 비결은 사소한 오락을 소중하게 여기는 것이다. 시간이라는 비료를 주지 않고 자라는 취미는 어디를 찾아봐도 없기 때문이다.

컨버세이션 샤프는 "많은 사람들이 마치 제정신이 아닌 것처럼 모자를 머리에 쓴 채로, 혹은 손에 든 채로 모자를 찾듯이 행복을 찾고 있다."고 말했다.

현실 생활에 언제나 존재하기 마련인 고통과 시련에서 머리를 해방시켜주기 위해서라도 모든 것을 잊고 열중할 수 있는 취미를 갖는 것이 인간에게는 반드시 필요할 것이다. 물론 사소한 즐거움도 마찬가지다. 불건전한 것이 아닌 한 취미가 특히 유익한 것은 지금 이야기한 것과 같은 이유 때문이다.

충실한 시간을 보낼 수만 있다면 하루하루는 더욱 즐겁게 지나갈 것이다. 오랜만에 손에 넣은 여가를 스스로 선택한 취미에 쏟아 붓는 것만큼 유쾌한 일도 없다.

정직하게 일하는 자에게는 일 자체가 기쁨이다. 성격에 맞지 않는 일이라면 모를까 성격에 맞는 일에 전념할 수 있다는 것은 멋진 일이다. 취미로 시작한 것이 일의 실익으로 연결되는 경우도 있다.

예를 들어서 슐리만의 취미는 고고학이었다. 가난한 생활과 육체노동으로 청년 시절을 보낸 후, 많은 재산을 모은 그는 호머에 대한 변함없는 애정을 바탕으로 고고학에서의 어려운 문제를 해결하기 위해 시간을 바쳤다. 그것은 그보다 훨씬 실력이 있는 전문가들조차 포기했을 정도로 어려운 문제였다. 그러나 보기 드문 인내력과 에너지를 쏟아 부은 끝에 그 성과는 고고학상의 커다란 공적이 되어 나타났다.

마음을 달래 주는 '평생의 벗'

언뜻 아무런 도움도 되지 않는 것처럼 보이는 취미라 할지라도 세상의 속된 악함이나 이기주의에 따르는 것보다는 훨씬 나은 법이다.

성경은 게으름을 가장 무거운 죄 중 하나라고 가르친다.

"게으른 사람은 아무것도 하지 않고 그저 이 집 저 집 놀러 다닌다. 그리고 그들은 그저 게으를 뿐만 아니라 필요 없는 말만 하며, 쓸데없는 참견을 하고 입에 담아서는 안 될 말을 한다."

어떤 사람은 읽지도 않는 책을 모은다. 그들은 책의 희소가치나 장정, 혹은 오래 되었음을 즐긴다. 또 때로는 그저 신기할 뿐, 아무런 가치도 없는 고미술이나 사진을 모으며 즐기는 사람도 있다. 생일 카드를 모으는 사람이 있는가 히면, 이건 엄청난 기치가 붙을지도 모른다며 유명인사의 낡은 편지를 부지런히 모으는 사람들도 있다. 음악을 취미로 삼는 사람들도 많다.

불평이 취미인 사람을 제외한다면 취미는 종종 둘도 없는 친구가 되어 준다. 대부분의 경우 사람은 취미를 가짐으로 해서 마음

에 여유가 생기고 그것이 건강과도 연결된다. 또한 취미는 노후에
도 변하지 않는 친구가 되어 준다.

4

행복으로 가는 티켓인
'중용'과 '절제'

　이번 장에서는 건강과 레크리에이션에 대해서 살펴보았는데 마지막으로 일과 운동, 혹은 식사와 음주, 그리고 여가를 보내는 방법에 이르기까지 온갖 것에 대해서 중용과 절제가 얼마나 중요한지를 보여주는 뛰어난 두뇌노동자들의 일치된 증언을 덧붙여 두기로 하겠다.

　베이컨은 "자연을 정복하기 위해서는 자연에 따르는 것이 가장 좋은 방법이다."라고 말했다. 그 자연의 법칙이란 바로 '적당함', 즉 호라티우스가 말한 '황금의 중용'이다. 흄도 중용이 이 세상 최고의 것이라고 말했다. 중용을 지킴으로 해서 쾌적한 인생을 보낼 수 있고, 따라서 장수할 수도 있게 되는 셈이다.

성공의 열쇠를 쥐고 있는 '절도 있는 생활'

'절제는 천재의 어머니.'라는 오래 된 격언이 있다. 그리고 앞서 이야기한 것처럼 위는 일가의 가장에 비유된다. 도를 넘어선 무절제가 이 소중한 위에 치명적인 위험을 가하는 경우가 흔히 있다. 굶어 죽는 것보다 과식으로 죽는 경우가 훨씬 더 많을지도 모른다. 두뇌노동자의 대부분은 지나치게 과식을 하는 듯하다. 위에 음식을 너무 많이 쏟아 부어 부담을 주면 머리의 움직임이 둔해지는 것은 당연한 일이다.

스카롱은 이렇게 말했다.

"입과 위장을 사랑하는 사람은 결코 걸작을 쓸 수 없다."

절제는 플라톤이 지킨 덕목 중 하나다. 소크라테스도 거친 음식을 먹었으며 술은 거의 마시지 않았다. 키케로와 플루타르코스는 채식주의자로 언제나 절도 있는 생활을 했다. 시저는 선천적으로 허약한 체질이었지만 절도 있는 생활과 운동으로 격무에 견딜 수 있을 만한 체력을 쌓았다.

데카르트는 이렇게 말했다.

"정신을 마음껏 활용하고 싶다면 몸의 건강에 주의해야 한다."

오래도록 건강하게 일하고 싶다면 육체와 정신의 활력을 똑같이 유지해야 한다. 뉴턴과 칸트도 허약했지만 절제와 중용을 지켜 장수했다.

폿트넬은 50년이라는 오랜 세월 동안 과학과 저작 두 분야에서 최고의 지위에 군림했으며 100세라는 천수를 누렸다. 선천적으로 병약했던 퐁트넬이 장수할 수 있었던 것은 엄격한 절제와 규칙적인 생활을 항상 염두에 두었기 때문이다.

숨을 거두기 직전에 그는 이렇게 말했다.

"결코 괴롭지는 않다. 단지 살아 있는 것이 약간 힘들게 느껴질 뿐이다."

퐁트넬에게 있어서 죽음이란 오랜 여행을 마치고 잠에 드는 것과 같은 것이었다. 그것은 진자의 추가 자연스럽게 멈추는 것과 비슷했다. 생전에 그가 염두에 두었던 것은 적당히 먹을 것, 즉 자연이 요구하지 않는 한 음식을 입에 대지 말 것, 피곤하면 연구를 중단할 것, 하루에 몸을 움직이는 일을 반드시 할 것, 단 결코 무리하지 말 것, 그리고 마지막으로 언제나 쾌활할 것이었다.

그는 곧잘 다음과 같이 말했다.

"쾌활함이 없으면 과학은 아무런 도움도 되지 않는다."

미켈란젤로의 창작의욕이 말년까지 조금도 줄어들지 않은 것은 나날의 절제와 금욕을 위해 노력한 덕분이었다. 낮 동안의 창작에 몰두하는 동안 그가 먹은 것은 조그만 빵 덩어리와 포도주뿐이었다. 그러나 일에 너무 몰두하지 않도록 언제나 주의를 기울였다.

뷔퐁이 술을 자제하고 절도 있는 생활을 지킨 것도 잘 알려져 있는 사실이다. 식사의 메뉴는 세세한 부분에 이르기까지 언제나 결정되어 있었다. 아침은 빵 한 조각과 와인 조금과 물. 점심은 소량이지만 생선을 즐겨 먹었고 디저트로 과일을 많이 먹었다.

말년에는 식사에 더욱 주의를 기울였다. 정오를 조금 지나서 점심을 먹었는데 스프 조금과 신선한 계란 두 개 만을 먹었다. 아주 소량의 와인을 제외하면 커피와 알코올은 전혀 마시지 않았다. 식사를 마치고 나면 잠깐 낮잠을 잤다. 그리고 공원으로 나가거나 집의 정원을 산책했다. 5시가 되면 책상 앞에 앉아 9시 가까이 될 때까지 일에 전념했다. 그리고 난 다음 가족들과 단란한 시간을 보내며 떠들썩함 속에서 시간을 잊었다.

칸트는 앞서 말한 것처럼 선천적으로 병약한 체질이었으나 절제와 규칙적인 생활로 그것을 극복하고 장수를 했다. 그의 전기에 '칸트는 대성당의 시계처럼 언제나 정해진 시간에 식사를 했다.'고 적혀 있다. 이처럼 꼼꼼한 성격은 식사뿐만 아니라 의복과 기상 및 취침시간에까지 이르렀기에 친구들의 웃음거리가 되곤 했다. 그러나 그 덕분에 거의 1세기에 가까운 인생을 살 수 있었으며 나라가 자랑으로 여기는 불후의 공적을 후세에 남길 수 있었던 것이다.

무엇이든 '적당한 것은 전부 건강에 좋다'

건강하면 다소간의 자극물을 받아들여도 지장이 없지만 허약한 몸일수록 자극물을 요구하는 것도 역시 사실이다. 약간의 해가 있다 할지라도 습관의 힘은 그것을 지워 버리는 법이다. 예전에 웰링턴 공에게 '습관은 제2의 천성' 이라는 속담을 인용한 사람이 있었다.

그에 대해서 웰링턴 공은 이렇게 대답했다.

"제2의 천성? 말도 안 되는 소리! 습관은 10배의 천성이다."

'적당한 것은 전부 건강에 좋다.' 는 격언이야말로 가장 좋은 말이다. 건강한 사람이라면 적당한 양의 고기를 먹고 와인과 맥주를 마셔도 전혀 문제될 것이 없다. 실제로 그러면서도 그 어떤 금주가나 채식주의자에게도 지지 않을 정도로 장수를 누리는 사람들도 있다.

85세가 된 사이러스 레딩은 그 건강의 비결에 대해서 "매일 질 좋은 와인을 듬뿍 마시는 것."이라고 대답했다. 그러나 그가 말한 '듬뿍' 이라는 것은 사실 '적당히' 라는 의미이며, 그와 동시에 그는 규칙적이고 활발한 운동을 거르지 않았다고 한다.

시드니 스미스의 다음과 같은 말은 참으로 적절한 것이다.

"극히 평범한 일을 되풀이하는 것이야말로 가장 좋은 행동이다. 다시 말해서 피곤하지 않을 정도의 운동, 극단으로 치우치지 않을 정도의 절도 있는 생활, 적당한 수면과 일찍 일어나는 것. 그렇다,

그것은 마치 노인과도 같은 생활이다. 그러나 만약 이것을 지키지

않는다면 행복을 손에 넣기란 매우 어려운 일이다."

PART 08

창조해 나가는 사랑

-단 한 번뿐이니, 인간답게

Life and Labour

사람의 일생을 이야기할 때 배우자 문제는 절대로 피해갈 수 없는 중요한 사항이다. 대부분의 경우 세상의 남녀는 연애와 결혼에 영향을 받는다. 거기서 내조와 위안을 얻는 사람도 있으며 불행을 품게 되는 사람도 있다.

베이컨은 "부부의 사랑은 인간을 만든다. 우정은 인간을 완성시킨다. 그러나 장난스러운 사랑은 인간을 비천하게 만들고 타락시킨다."고 말했다.

1

그들은 '일'을
아내로 삼았다

그런데 평생을 독신으로 사는 사람들도 많다. 인류의 행복과 문화에 공헌하기 위해서 독신과 기혼 과연 어느 쪽이 유리할까 하는 문제는 언제나 논의의 대상이 되어 왔다. 대부분은 자연의 본능에 따라서 결혼한다. 그러나 성 바울처럼 '결혼할 필요를 느끼지 못하고 스스로의 의지를 통제할 줄 아는 사람' 은 독신을 고집한다. 바울에 의하면 전자는 '평범한' 일을 하지만 후자는 '한층 더 좋은' 일을 한다는 것이다.

베이컨은 열렬한 연애는 아니었으나 어쨌든 가정을 꾸렸으며,

다음과 같은 감상을 이야기했다.

"처자가 있는 사람은 운명의 신에게 인질을 바친 것이나 다를 바 없다. 왜냐하면 때로 처자는 선악 어느 쪽이든, 큰일을 하는 데 걸림돌이 되기 때문이다. 틀림없이 사회에 가장 커다란 이익을 가져다준 사람들은 결혼을 하지 않았거나, 혹은 결혼을 했어도 자식이 없거나, 둘 중 하나였다. 이러한 사람들은 물심양면에서 사회를 아내로 삼아 사회에 유산을 남긴 것이다."

그러나 베이컨의 이 말은 너무나도 대략적이다. 틀림없이 독신인 사람이 훨씬 더 자유로워서 오로지 지적 사업에만 몰두할 수 있다. 왜냐하면 그들은 가정을 가지고 있는 사람에 비해서 다른 사람의 희망이나 필요에 구속되는 부분이 훨씬 적기 때문이다.

그러나 독신으로 머무는 것이 반드시 유리하기만 한 것은 아니다. 그들은 현명한 반려자의 애정 어린 위로나 가볍게 던지는 조언 속에서만 얻을 수 있는 나날의 휴식을 스스로 포기하는 셈이기 때문이다.

아르노 박사는 그에 대해서 이렇게 이야기했다.

"인생의 절반이 지나서도 버팀목이 되어 줄 아내나 자식이 없는 사람이 과연 어떻게 살아갈지 내게는 상상조차 되지 않는다. 왜냐하면 애정이라는 것은 아무런 불편함이 없는 생활을 하고 있는 사람들이라 할지라도 좀처럼 손에 넣기 어려운 것이기 때문이다. 그런 경우는 세상에서 아주 흔히 볼 수 있다."

'과학의 화신'보다 '풍요로운 인간'이 더 행복하다

분명히 세상에서 천재라고 불렸던 사람들 중 많은 숫자가 독신이었다. 마치 지식에 대한 정열이 그 외의 모든 정열을 집어삼킨 것처럼. 아마도 뉴턴은, 연애는 물론 출세에 대한 욕구마저도 없었던 듯하다.

그렇기에 뉴턴에게는 다음과 같은 전설이 남아 있다.

예전에 뉴턴이 어떤 여성에게 프러포즈를 하러 갔다. 파이프를 피우려 했던 뉴턴은 다른 생각에 마음을 빼앗겨 자신도 모르게 그 여성의 손가락에 담배를 넣고 말았다. 물론 그는 단칼에 거절을 당하고 말았다. 뉴턴은 원래 내성적인 성격으로 평소 혼자서 사색에 잠기는 시간이 많았다. 아마도 그것이 한층 더 강해져 여성과 사귀는 데 커다란 걸림돌이 되었던 것인 듯하다. 그리고 뉴턴 자신이 여성의 필요성을 그다지 느끼지 못했던 것도 하나의 이유였을 것이다.

홉스는 한때 결혼을 생각한 적도 있었지만 결국 연구에 전념하고 싶었기에 의식적으로 결혼을 피하게 되었다. 애덤 스미스도 끝내 결혼을 하지 않고 독신인 채로 세상을 떠났다. 그는 스스로 '책만이 연인'이라고 인정했다.

사람 사귀기를 싫어했던 장폴은 이렇게 말했다.

"만약 사람이 자신의 이성에만 귀를 기울인다면 누가 결혼 같은 것을 하겠는가? 나라면 결코 하지 않을 것이다. 나를 꼭 닮은 아들이 태어난다니, 생각만 해도 끔찍한 일이다."

갈릴레오, 데카르트, 로크, 스피노자, 칸트, 캐번디시 등은 모두 평생을 독신으로 지냈다.

특히 캐번디시는 남성으로서의 욕구가 전혀 없었을 뿐만 아니라 여성에 대해서 병적인 감정까지도 품고 있었다. 집 안에서 하녀들과 마주치지 않기 위해서 일부러 뒤쪽에 계단까지 만들게 했다. 그리고 방 밖에서 그녀들과 마주치면 즉석에서 해고를 했다.

그는 이상하다 싶을 정도로 내성적이었다. 그는 사진 한 장 찍으려 들지 않았다. 타인의 시선을 견딜 수 없었기 때문이었다. 낯선 사람을 극단적으로 싫어해서 한 사람이라도 처음 보는 사람이 섞여 있으면 몸서리를 칠 정도였다.

동시에 활기라고는 찾아볼 수 없는 냉담한 성격으로 어떤 종류의 감정도 가지고 있지 않은 것처럼 보였다. 그는 그야말로 무감동 속에서 살다가 무감동 속에서 세상을 떠났다.

그의 전기는 그에 대해서 다음과 같이 기록했다.

"사람을 사랑하지는 않았지만 사람을 미워하지도 않았다. 희망도 가지지 않았으나 그 대신 그 무엇도 두려워하지 않았다. ……무릇 감정에 흔들리는 일이 없었던 그는 마치 '과학의 화신' 같았다고 말할 수 있을 것이다."

그러나 아무리 과학의 화신이라 할지라도 애정 가득한 반려자를 만나 인간다운 감정을 회복했다면 훨씬 더 행복했을 것임에 틀림없다.

베이컨은 자신이 저술한 『수필집』 속에서 "틀림없이 처자를 얻음으로 해서 인간성은 더욱 풍요로워진다."고 말했다.

때로 사람의 마음은 꽃보다 맑고 아름답다

벤담도 끝내 결혼을 하지 않았다. 그러나 그의 경우는 젊었을 때의 사랑을 끝까지 지켰기 때문이다. 볼링 박사는 옛 사랑에 대해서 이야기하는 벤담의 뺨을 타고 흘러내리는 눈물을 본 적이 있었다. 60세가 되었을 때 벤담은 우연히 옛 연인을 다시 만나게 되었는데 독신이었던 그녀에게 다시 프러포즈를 했다. 그러나 모든 것이 그 혼자만의 생각이었다. 그녀는 그것을 받아들이지 않았고 결국 두 사람 모두 독신으로 살았다.

그러나 세월이 흐를수록 그녀에 대한 생각은 벤담의 마음을 더욱 차지하게 되었다. 만년을 맞은 벤담은 그녀에게 보낸 편지 속에서 절절하게 그의 심정을 호소했다.

'저도 벌써 80세하고 2개월이 지났습니다. 그래도 그 옛날, 나무들이 울창한 오솔길에서 당신이 꽃을 꺾어 제게 주셨을 때보다 더욱 건강합니다. 그날 이후로 당신을 생각하지 않은 날은(밤은 말할 필요도 없고) 단 하루도 없었습니다. …… 당신이 보우 숲에서 연주하던 하프시코드를 저는 지금도 소중하게 간직하고 있습니다. 이제 악기로서의 사명은 끝났지만 지금도 여전히 진귀한 것입니다. 가구로서는 모양새도 나쁘지 않습니다. 저의 유품으로 받아 주시지 않으시겠습니까? 저의 하얗게 센 머리카락을 몇 가닥 넣은 반지와 저의 옆모습을 그린 초상화—모두들 저와 꼭 닮았다고 합니다—를 가지고 있는데 제가 죽은 뒤 그것들을 당신에게 남기도록 하겠습니다. 실례의 말씀인 줄은 압니다만, 만약 당신께서 금전적으로 어려움을 겪게 되신다면 금화 한 닢의 가치는 할 것입니다. 당신께서 저를 부끄러워하지 않으시기를 바랍니다. …… 좀 더 일찍, 종이가 다하기 전에 펜을 놓았어야 했는데, 저도 참 어리석은 노인입니다. ……'

아마 상대 여성도 벤담 스스로가 말한 것처럼 '어리석은 노인'이라고 내심 생각했을 것이다. 편지에 대해서 아무런 대답도 하지 않았으니.

시인 워즈워스는 벤담의 철학을 '냉혈, 타산적, 이기적'이라고 평했다. 그러나 독자적인 철학을 수립하기에 전념했던 이 퀸 스퀘어 거리의 늙은 철학자가 한편으로는 이처럼 내적 진정을 토로했다는 사실을 알게 된다면 누구나 따뜻한 마음을 품지 않을 수 없을 것이다.

고뇌를 자양분으로 삼았던 예술가들

미켈란젤로—그도 평생 독신으로 살았다—는 자신의 예술에 대해서 이렇게 말했다.

"내게 있어서 회화란 연적이 없는 연인과 같은 것이다. 나는 나의 예술을 아내로 삼았다. 가정적인 고통도 충분히 제공해 준다. 거기서 태어나는 작품을 나의 아들이라고 생각하자."

그러나 베토벤의 경우는 음악을 사랑하는 한편 여성에 대한 사랑도 평생을 헛되이 뒤쫓았다.

고향인 본을 한 번도 떠난 적이 없었던 무명의 젊은이 베토벤은 한 아가씨의 매력에 마음을 완전히 빼앗겨 버렸다. 그러나 그 아가씨는 오스트리아의 장교와 사랑에 빠졌고 곧 결혼을 해 버렸다.

베토벤은 그 뒤에도 여러 차례 사랑에 빠진다. 세 번째로 사랑했던 사람은 베토벤보다 사회적 지위가 훨씬 높고 매력적인 여성이었다. 그때 베토벤은 '내가 아름다운 여성의 마음을 사로잡는다는 건 있을 수 없는 일이다.' 라는 '나약한 마음' 에 사로잡혀 있었다. 그래도 베토벤은 1806년에 작곡한 소나타 『월광』을 이 마음속 여인에게 바쳤다. 이 곡의 선율에는 이루지 못할 사랑에 대한 절망과 동시에 사랑의 기쁨이 표현되어 있다.

그러나 그 여성 줄리에타 귀차르디도 얼마지 않아 갈렌베르크 백작과 결혼을 했고, 베토벤은 말로 표현할 수 없는 비탄을 맛보았다. 절망에 빠져 성격이 까다로워진 그는 이 실연을 계기로 오로지 음악만을 사랑하게 되었고 그의 명성을 더욱 높여 준 명곡들을 낳게 되었다.

사랑하는 사람을 가녀린 팔로 지탱하며

이상은 평생을 독신으로 살며 명성을 쌓은 극히 일부 사람들의 예다. 평생을 독신으로 산 여성들도 남성 못지않게 많다. 남자에게는 체력과 능력이 있다. 혼자서 행동하고 생각하고 일한다. 언제나 앞을 내다보고 미래에서 희망을 발견한다. 그러나 기쁜 일이 있든 슬픈 일이 있든 여성의 시선은 언제나 가정으로 향한다. 누군가를 동정하고 누군가를 사랑하고 누군가를 위해서 괴로워하며 정성을 다한다. 그렇다면 그것만이 여자의 일생의 전부일까?

여성에게는 그 외에도 많은 장점들이 갖춰져 있다. 일찍 사랑을 알고 사랑에 실망하는 여성들도 있을 것이다. 그런 여성들은 평생 독신으로 살겠다고 생각할지도 모르겠다. 일을 배우고 사회에 도움이 되기 위해서 자신만의 천직—예를 들자면 교육이나 문학에 관련된 일—을 갖고 싶어 할지도 모르겠다. 플로렌스 나이팅게일, 캐서린 스탠리, 시스터 도라의 이름을 들 것도 없이 순수한 동기로 사회에 공헌하며 평생을 독신으로 산 상류 가정의 여성들도 적지 않다.

독신여성은 최고의 안식처이자 동정자이자 간호사이자 이야기 상대인 경우가 많다. 이 세상에서 가장 기품 있는 일은 대부분의 경우 사람들이 모르는 곳에서 말없이 행해진다. 그러한 일들은 평가를 얻지도 못하며 칭찬을 받는 경우도 없다. 건강하고 평화로운 가정을 유지해 나가기 위한 여성의 참을성 있고 세심한 나날의 봉사는 어디에도 기록되지 않는다.

가장 빈곤한 서민의 가정에서조차 독신 여성은 때때로 고통과 가난을 견디며 여러 가지 유혹에도 지지 않고 유익한 일을 훌륭하게 수행해 나간다. 그녀들이 매일 끌어안고 있는 고통이나 용감하게 짊어지고 있는 무거운 짐에 대해서 생각하면 가난한 사람들에게서 배우는 것도 결코 적지 않다. 그녀들은 부자들보다 훨씬 더 관대하다. 자신들보다 더 가난한 사람들과 마지막 빵을 흔쾌히 나눈다. 그리고 그에 대해서 어떤 보수도 바라지 않는다. 자존심을 조금이라도 버리거나 양심의 가책을 받으며 괴로워하기보다는 오히려 딱딱한 빵 하나, 차 한 잔을 얻기 위해서 몸을 돌보지 않고 일하는 편이 낫다고 말하는 불굴의 독신 여성들이 얼마나 많은지!

가정을 더욱 밝게 할 수만 있다면 아무리 사소한 일이라도 소홀히 할 수 없으며 할 만한 가치가 충분히 있다고 생각하는 것은 결국 총명하고 호감이 가는 행복한 여성이 되는 길이다.

만약 젊은 여성들이 그러한 확신을 가지고 있다면 다음과 같은 비관적인 말이, 이렇게 몇 번이고 귀에 들어올 일은 없을 것이다.

"세상은 참으로 허무해. 내 생활은 마치 인형과 같아서 그 속은 톱밥으로 가득 해. 차라리 수녀원에라도 들어가 버릴까?"

물론 교육을 받은 여성들에게도—그녀들의 결혼 여부와는 상관없이— 가족에게 도움을 주고 동시에 사회에도 공헌을 하는 삶은 가능하다.

2

일생을 좌우하는
결혼이라는 '복권'

지금까지는 독신 남성과 독신 여성에 대해서 살펴보았다. 그러나 그보다 더 중요한 것은 기혼자에 대해서 이야기하는 것이다. 남자나 여자 모두 그 편이 훨씬 더 자연스러운 모습임에는 틀림이 없다.

남자든 여자든 서로 다른 생각이나 감정에 끌려서 결혼을 하게 된다. 어떤 사람은 사랑이나 위로를 얻기 위해서, 어떤 사람은 미모와 돈과 지위에 끌려서 결혼을 한다. 또 어떤 사람은 본능의 지배를 받아, 혹은 환상을 품고 결혼을 한다. 감정에 치우치지 않고 이성에만 의존하여 결혼하는 사람은 극히 일부에 지나지 않는다.

아마도 결혼은 남자에게나 여자에게나 일생의 가장 중요한 일 중 하나일 것이다. 이 세상 최대의 행복을 손에 넣느냐, 혹은 최대의 불행을 짊어지게 되느냐의 갈림길이다. 이처럼 중요하면서도 이처럼 쉽게 성립되는 경우가 많은 계약도 드물 것이다. 그것은 아마도 오랫동안 받아들여져 온 속설 때문일 것이다. '사랑은 맹목적인 것이다. 사랑은 의지에 의한 행위가 아니라 본능에 의한 행위다. 사랑은 지배를 받고 인도를 받는 것이 아니라 그저 따를 수밖에 없는 충동이다.'라는. 그리고 바로 거기서 '결혼은 복권', '결혼은 하늘에서 맺어 준다.'는 등의 속담이 생겨난 것이다. 그러나 그 결과를 살펴보자면 이야기는 별개로, 이성의 판단이 수반되지 않는 한 결혼은 하늘 이외의 '다른 곳'에서 맺어 주는 편이 낫다고 생각하게 될지도 모른다.

'첫사랑'이 남자의 인격을 만든다

실제로 첫사랑이 이루어지는 경우는 매우 드물다. 결혼은 정신과 애정, 인격이 성숙한 뒤에 하는 편이 좋은 듯하다.

스탈 부인은 적절하게도 이렇게 말했다.

"첫눈에 반한 사랑은 깊지도 않으며 오래 지속되는 경우도 별로 없다. 또한 서로의 인격에 끌린 것일 경우는 더더욱 드물다."

전혀 있을 수 없는 일은 아니지만 틀림없이 상대방의 인품이나 선량함에 끌려서 첫사랑을 하게 되는 경우는 드물다. 그러나 첫사랑이 마음에 남기는 영향은 결코 작지 않다.

시인 테니슨은 소년의 첫사랑―대부분은 연상의 여인에 대해서 품는다―이 그에게 얼마나 좋은 교사가 되며, 그가 한 사람의 남자가 되기까지 얼마나 커다란 역할을 수행해 주는지를 다음과 같은 시로 표현했다.

'남자의 마음속에 있는 사념을 억제해 줄 뿐만 아니라

고상한 사상과 다정한 말

예의와 공명심, 그리고 참된 사랑

무릇 남자의 인격을 형성하는 모든 것들을 가르쳐준다'

빛나는 정신이야말로 가장 아름다운 것이다

어떤 사람은 미모에 마음이 끌려 결혼을 한다. 미는 그것이 얼굴과 자태, 혹은 체질의 건전함을 나타내는 것이라면 언제나 매력적이다. 정신과 지성의 아름다움을 나타내는 것이라면 그 매력은 더욱 배가된다. 아름다움은 사회에 대해서 커다란 힘을 가지고 있다. 여성의 경우는 특히 그렇다. 아름다움이 여성의 지위와 권력을 결정하는 요인이 된다면, 미모는 여성이 한없이 절망할 자질 중 하나라고 말할 수 있을 것이다. 스탈 부인처럼 총명하고 강한 의지를 갖고 있던 여성조차 아름다움이라는 단 하나의 자질을 위해서라면 기꺼이 지적 재능을 포기할 수도 있을 것이라고까지 말했다.

남자의 경우 용모는 여성만큼 문제가 되지는 않는다. 그러나 몽테뉴는 "남자의 용모는 그렇게 믿을 만한 것이 되지는 못하지만, 그래도 무시할 수는 없다."라고 말했다. 그리고 이어서 예전에 도적에게 붙잡힌 적이 있었는데 용모 덕분에 두목에게 용서를 받았다는 경험을 이야기했다. 그리고 다른 모든 조건이 똑같다면 용모가 뛰어난 인물이 사람들 위에 서게 된다고도 말했다.

그러나 동시에 아름다움은 결코 행복한 결혼에 반드시 필요한 것이 아니라는 점도 역시 틀림없는 사실이다. 거기에 정신적인 빛이 없다면 아무리 아름다운 얼굴이라 할지라도 주위에 아무런 기쁨도 주지 못한다. 아무리 아름다운 풍경이라 할지라도 매일 보고 있으면 질려 버리는 것과 비슷하다. 외견만의 아름다움은 오래 지속되지 않으며 5월의 꽃처럼 곧 빛이 바래 버린다. 결혼 한 지 몇 년이 지나면 아내의 외모에 무게를 두는 남편은 거의 없다. 그 다음부터는 오로지 지성과 다정함이 주요한 매력이 된다. 20년, 혹은 그 이상이 지나낸 아내의 다정함, 선량함은 다른 어떤 장점보다도 남편을 사로잡게 될 것임에 틀림없다. 남자가 반려자를 고를 때에는 마음의 친구로서 고르는 것이 아마도 가장 안전한 길일 것이다.

용모만이 여성의 아름다움의 전부는 아니다. 이 하늘이 주신 선물도 때로는 부정적으로 작용할 때가 있다. 왜냐하면 용모가 빼어나지 못한 여성이 때로 인생에서 의지로 삼는 지성과 품성을 소홀히 하기 때문이다. 미인이 외형적인 매력으로 이성의 마음을 사로잡으려 해도 거기에 다정함이나 지성과 같은 내면적 매력이 결여되어 있다면 속이 빈 보석상자와 다를 바 없는 것이다. 참된 아름다움은 그 표정에 있다. 얼굴의 아름다움은 틀림없이 보는 사람을 즐겁게 해주지만 마음을 움직이는 데까지는 이르지 못한다.

모든 사람들이 가지고 있는 아름다움은 젊음과 건강이다. 그리고 무엇보다도 아름다운 것은 우아하고 다정한 표정이다. 베이컨은 "균형이 잡혀 있을 뿐만 아니라 다소간의 독특함도 가미되어 있지 않다면 참으로 훌륭한 미라고는 할 수 없다."고 말했다. 틀림없이 강렬한 아름다움은 완벽한 조화에서 약간 벗어난 이색적인 것일 경우가 많다.

예를 들어서 데카르트가 가장 끌렸던 것은 사시인 여성이었다. 어떠한 메커니즘에 의해서 남성이 어떤 여성을, 여성이 어떤 남성을 사랑하게 되는 것인지는 분명하지 않다. 그러나 한 가지 분명하게 말할 수 있는 것은 표정의 아름다움이 모습만의 아름다움보다 훨씬 더 커다란 비중을 차지하고 있다는 사실이다.

단순히 미모만으로는 남편을 붙잡아 둘 수가 없다. 신혼 기분은 기껏해야 한 달 정도면 끝난다. 한순간의 달콤한 계절이 끝나면 다음에 기다리고 있는 것은 현실의 생활이다.

3

어떻게 해야 가정이
'위안'이 될까

남편은 나날의 일에 정진해야 하고, 아내는 청결하고 편안한 가정을 유지하기에 노력해야 한다. 가정을 따뜻하게 해주는 사랑의 불씨를 꺼뜨려서는 안 된다. 솜씨 좋게 일하는 방법이나 빈틈없이 머리를 쓰는 방법이 있는 것처럼 집안일도 방법에 따라서 효율적으로 해낼 수가 있다. 하나는 남편이 몸에 익혀야 하고, 다른 하나는 아내가 배워야 한다.

위안이 영국인 가정의 수호신임과 동시에 영국인도 역시 위안을 숭배해 왔다는 말이 있다. 그 배경에는 아마도 영국의 변덕스럽고 음울한 기후가 있는 듯하다. 그렇기 때문에 영국인의 마음은 아무래도 편안함이 느껴지는 실내로 향할 수밖에 없었다.

그러나 위안은 단순히 따뜻함이나 훌륭한 가구, 흠잡을 데 없이 풍요로운 생활만을 의미하는 것이 아니다. 거기에는 청결함과 깨끗한 공기, 낭비가 없고 질서 정연한 생활 등과 같은 의미도 포함되어 있다. 한마디로 말하자면 검소한 가정을 말한다. 그리고 위안은 인간이 자라는 토양이기도 하다. 사실 그것은 많은 미덕의 근원이 된다. 한때는 사랑했던 두 사람이 결혼 후 충돌하게 되는 대부분의 원인은 그 중요한 조건을 소홀히 한 결과다.

자의적인 이상으로 상대방을 미화해서는 안 된다

틀림없이 남자는 많은 실패를 거듭한다. 여성도 역시 마찬가지다. 남녀 모두 당첨 복권과 당첨되지 않은 복권을 같은 숫자만큼 뽑는다. 뛰어난 천재들에게도 인간적인 약점은 있기 마련이다. 그리고 그 약점이야말로 그들의 아내에게 가장 친숙한 얼굴인 것이다. 세상은 그들의 능력이나 업적은 알고 있지만 그들의 기질이나 결점은 거의 알지 못한다. 아무리 천재라 할지라도 아내는 그를 남편으로밖에 보지 않는다. 거기에는 정치가도 없고 예술가도 없다. 사회가 그들을 아무리 칭찬한다 한들 그것이 아내에게 무슨 소용이 있겠는가? 여성의 사회란 다름 아닌 가정이다. 가정이야말로 여성의 인생의 중심이자 행복을 좌우하는 것이다.

천재적인 인물이란 대체로 자신이 추구하는 일 외에는 안중에도 없는 법이다. 과거에 살고 있거나 현재와 싸우고 있거나 둘 중 하나다. 아내에게 일상적인 행복을 가져다주는 것에 아내만큼 관심을 갖기 위해서는 남편으로서 상당한 노력을 해야 한다. 아내에게 있어서 남편의 사랑이 이분되는 것은 용서할 수 없는 일이며, 남편이 가정 이외의 것에 시간을 허비하는 것을 보면 마치 자신의 시간을 빼앗기기라도 한 것처럼 불만을 늘어놓을 것이다. 이러한 아내는 종종 신경질적이 되기 때문에 스스로 불행의 씨앗을 뿌리게 된다.

일생의 반려가 될 사람을 고를 때 상대방에 대해서 환상을 품는다는 것은, 단순히 본능적인 사랑만큼이나 위험한 일이다. 때로 시인은 '이집트의 바닷가에 서서 멀리 헬렌의 미모를 엿보는 경향'이 있다. 사랑하는 사람에게서 천사의 매력이나 여신의 신성함을 느끼려 한다. 그러나 그 이상적인 여성도 결국은 평범한 여성에 지나지 않는다는 사실을 깨닫게 되기까지 그렇게 많은 시간이 걸리지는 않을 것이다.

몽테뉴는 말했다.

"눈이 보이지 않는 아내와 귀가 들리지 않는 남편만큼 원만한 결혼생활을 유지할 수 있는 조건도 없다고 말한 사람은 세상살이에 밝은 사람이다."

용서하고 도우며 인생을 창조하자

사랑을 하는 사람들은 아주 많다. 그러나 결혼한 후에도 오래도록 그 사랑을 지속시키는 사람들은 거의 없다. 남녀 모두 독신으로 있는 한 성질은 그렇게 크게 변하지 않는 법이다. 두 사람의 사랑은 결혼 후에 비로소 공평하게 시험을 받게 된다. 연애기간은 말하자면 소풍과도 같은 것이다. 그러나 결혼이란 바로 사랑의 시금석이다. 연애는 단지 즐거움과 걱정거리, 성공과 실망, 기쁨과 슬픔 등과 같은 긴 여로의 출발점에 지나지 않는다.

그 기나긴 여정에서 우리를 기다리는 것은 참으로 평범하기 짝이 없는 일들뿐이다. 거기에는 당연히 집세나 식비, 청구서 등 금전적인 고통도 포함되어 있다. 물론 이러한 고통을 견디지 못하고 좌절해 버리는 부부도 적지 않다. 그러나 그 대부분은 둘이서 힘을 합쳐 참을성 있게 고통을 견뎌 나간다.

가장 중요한 것은 서로에 대해서 배려를 하는 것이다. 두 사람이 서로 돕는 것이야말로 원만한 결혼생활에 없어서는 안 될 것이다. 감정을 억제할 것, 책임을 자각할 것, 서로의 결점을 용서할 것(결점은 누구에게나 있는 법이니), 새로운 생활에 적응할 것, 두 사람이 하나가 되어 희망을 품고 모든 일에 최선을 다할 것. 이러한 것들을 지켜 나간다면 두 사람의 인생은 기쁨으로 넘쳐 나는 행복한 것이 될 것이다.

두터운 애정이 있으면 결혼생활은 부부의 마음을 온화하게 해

준다. 실업가나 공무에 종사하는 사람들은 일 때문에 생긴 마음의 피로를 가정의 편안함 속에서 풀려 한다. 그들은 그 속에서 위로를 얻고 정신적인 영양을 보충한다.

일가의 주부는 가정적인 애정의 힘으로 젖먹이 아이를 돌보고, 성장해 나가는 아이를 지켜보며, 남편과 노인들의 위안이 되고, 그녀들과 한지붕 아래서 사는 가족 전원의 행복을 위해서 마음을 쓴다.

남편은 자신의 집을 휴식의 장소로 생각하고, 아내는 가정을 사랑과 기쁨의 중심이라고 생각할 것이다.

남자든 여자든 자신의 행복을 상대방 속에서 발견할 줄 아는 사람, 다시 말해서 상대방의 행복을 자신의 그것과 같은 것이라고 생각할 줄 아는 사람이 오로지 자신의 쾌락만을 추구하고 자신의 괴로움에만 빠져서 불행해지는 경우는 없다. 진실한 사랑은 아무리 강한 적이라도 쓰러뜨릴 수 있는 강력한 무기인 것이다.

인생의 명암을 가른 어떤 선택

위대한 인물의 전기를 보면 이른바 악처라는 사람들은 자주 등장하지만 양처에 대한 이야기는 그렇게 많지 않다. 대부분의 경우 참으로 행복한 사람들은 자신의 가정에 대해서 커다란 소리로 떠들고 다니지 않는 법이다. 행복한 결혼을 한 남자들은 결코 그것을 자랑스럽다는 듯 이야기하지 않는다.

그러나 가정에서 어떤 행복도 찾아내지 못하는 남편은 가정 밖에서 그것을 추구한다. 행복한 남편은 많은 말을 하지 않는 법이지만 반대로 불행한 남편은 말이 많으며 때로는 자신을 변호하기에 여념이 없다.

흐르는 물의 비유는 그대로 결혼에도 적용된다.

"얕은 물은 요란한 소리를 내며 흐르지만 깊은 물은 소리 없이 흐른다."

그러나 전기에는 등장하지 않지만 양처라 불린 사람들은 틀림없이 훨씬 더 많았을 것이다.

행복한 결혼이든 불행한 결혼이든 예를 들자면 끝이 없을 것이다. 여기에 잘 어울리는 부부가 있는가 싶으면 또 다른 쪽에는 나이, 지위, 재산, 능력, 성격 어느 것을 놓고 봐도 전혀 어울리지 않는 부부가 있다. 여성의 어떤 점에 매력을 느껴서 남자가 평생의 반려자를 선택하는 것인지는 참으로 알 수 없는 일이다.

천문학자인 케플러는 매우 합리적인 방법으로 두 번째 아내를 선택했다.

그는 우선 12명의 여성의 이름을 각각의 자격과 함께 일람표로 만들었다. 그중 몇 명을 골라 프러포즈했으나 전부 거절당하고 말았다. 한 사람은 케플러가 신중하게 생각하고 있는 사이에 다른 남자에게 빼앗기고 말았다. 여덟 번째 여성은 일단 승낙을 했다가 바로 마음이 바뀌어 온갖 변명을 늘어놓은 뒤 도망쳐 버렸다. 그러다 드디어 그를 받아들여 줄 여성을 만났다. 그 여성은 역경이 많았던 케플러의 인생을 마지막까지 함께 걸어가 주었다.

아무리 현명하고 박식한 사람이라 할지라도 결혼에 관해서는 어처구니없는 실수를 저지르곤 한다.

사려 깊은 후커도 아내를 선택하는 데 있어서만은 잘못된 판단을 내렸다. 이 신학자는 아내 고르는 일을 하숙 여주인에게 완전히 맡겨 버린 것이다. 그 결과 후커는 그녀의 딸을 떠안게 되었다. 그녀는 못생겼을 뿐만 아니라 잔소리가 심한 최악의 여자였다. 후커의 아담한 집에 찾아온 두 친구는 그가 밭에서 양을 돌보고 있는 모습을 보았다. 재미없는 일에서 벗어날 구실을 찾아낸 그는 친구들을 데리고 집으로 돌아왔다. 그러자 순간 아내가 그를 부르더니 이번에는 아이를 보라는 것이었다!

『후커 전기』의 저자인 아이작 월턴은 그 책 속에서 가없은 신학자의 불행한 결혼에 대해서 다음과 같이 한탄했다.

"발 빠른 사람이 경기에 나갈 기회를 얻지 못하고 현명한 사람이 나날의 빵을 얻지 못하는 것처럼 선량한 남편일수록 좋은 아내를 만나기 어렵다. 어째서 이 세상의 가장 커다란 행복이 인내심 강한 욥에게, 순종적인 모세에게, 그리고 욥의 인내와 모세의 순종을 고루 갖춘 후커처럼 선량한 사람에게 주어지지 않았는지는 신만이 아실 것이다."

틀림없이 대부분의 남성은 결혼을 한다. 그러나 충실한 아내는 쉽게 얻을 수 있는 것이 아니다. 여성도 대부분 결혼하지만 역시 성실한 남편은 드물다. 오늘날의 여성들에게는 다음과 같은 성 바울의 말이 잘 어울린다.

"게으르기만 할 뿐, 이 집 저 집 돌아다니며 논다. 그리고 그것만으로는 부족해서 쓸데없는 참견을 하고 해서는 안 될 말까지 하고 온다."

이러한 여성들은 현대 문명사회 최악의 소산이다. 그러한 여성들은 남을 사랑할 줄 모르며 우정은 가질 수도 없다. 평소의 화장에서부터 사용하는 말에 이르기까지 전부 잘못 투성이다. 그저 유행만을 좇는 여성이 가질 수 있는 것은 가정이 아니라 단순한 집에 지나지 않는다. 아이는 가질 수 있어도 가족이라고 부를 수 있을 만한 것은 만들지 못한다. 남편이 있어도 그것은 반려자도 아니고 연인도 아니다.

만약 남성이 이상적인 여성, 즉 아름다움과 건강과 애정을 겸비한 여성을 아내로 삼을 기회를 얻었다면 망설이지 말고 결혼해야 한다. 그 여성이 분별력과 양식을 가지고 있다면 집안을 잘 관리하여 틀림없이 가정을 편안한 곳으로 만들어 줄 것이다.

젊은이들의 사랑이 진실한 것이라면 생활의 괴로움도 오히려 두 사람을 위한 것이 되며 괴로움 자체가 즐거운 것이 된다. 남편과 아내는 평생 손을 맞잡고 살아가야 하며 서로의 기쁨과 슬픔을 나누고 둘이서 장래에 대한 꿈을 꾸며 둘이서 노력하여 두 사람이서 행복을 잡아야 한다. 재산이 있다면 더할 나위 없겠지만 그것으로 보다 밀도가 높은 즐거움을 살 수는 없는 법이다. 두 사람의 마음이 통하고 취미와 지성이 일치하는 것, 서로를 배려하고 미래를 향해서 사려 깊게 행동하고 애정에 입각해서 서로 행동하는 것, 이러한 것들 모두가 가정의 행복을 결정하는 열쇠가 되는 것이다.

행복한 결혼은 질이 좋은 포도주처럼 완성되기까지 시간이 걸린다. 두 사람의 마음은 연인일 때보다 더욱 굳건하게 맺어지고 참된 의미에서 서로를 알게 된다. 그렇게 되면 서로의 장점뿐만 아니라 때로는 단점까지도 보이게 될 것이다. 결점에는 눈을 감고 생활상의 사사로운 일은 서로 양보하도록 노력해야 한다. 그렇게 하면 틀림없이 평화롭고 안정된 생활을 얻을 수 있을 것이다.

제레미 테일러는 말했다.

"확고한 토대 위에 쌓여진, 사랑으로 가득한 수많은 추억은 지금 가지고 있는 많은 것들과 마찬가지로 세월이 흘러야 비로소 가질 수 있는 것이다."

사랑은 그 뒤쪽을 비추는 빛으로 단조로운 일상에 다채로움을 부여하며, 앞쪽을 비추는 빛으로 미래에 대한 불안을 달래 준다. 고뇌는 결혼한 두 사람을 더욱 강하게 맺어 준다. 그리고 불행은 배려를 배우기 위한 가장 좋은 교사다.

동양의 속담은 이렇게 가르친다.

"괴로움의 나무를 흔드는 자는, 때로 기쁨의 씨앗을 뿌린다."

PART 09

인생은 한 권의 책

- '오래' 보다 '잘' 살자

1

뛰어난 지혜가 빛나는
'제2의 청춘'

인생의 황혼기에는 많은 보수들이 기다리고 있다. 젊은이에게는 여러 가지 쾌락이 있고 노인에게는 그 추억이 있다. 인생의 황혼기는 사람의 일생 중에서 가장 아름다운 시기라고도 말할 수 있을 것이다. 마치 꽃이 개하기를 지나 마지막으로 가장 아름다운 잎이 돋아나는 것과 같은 것이다. 꽃이 지고 잎이 시드는 동안 열매가 익기 시작하는 것처럼 육체가 쇠퇴하기 시작할 무렵부터 정신은 성숙한다.

코르나로는 85세가 되었을 때 다음과 같은 말을 남겼다.

“육체가 나이를 먹음에 따라서 정신은 완성에 가까워져 간다.”

채닝은 세상을 떠나기 직전에 “몇 살 정도가 인생에서 가장 행복한 시기였는가?”라는 질문에 “60세.”라고 대답했다. 그것은 바로 채닝 자신의 나이였다. 코리지는 채닝에 대해서 “영지(英智)에 대한 사랑과 사랑에 대한 영지를 동시에 가지고 있다.”고 평했다. 채닝의 인생철학과 인간관은 대체로 밝은 것이었다. 오히려 지나치게 낙천적이었을 정도다. 그는 인생의 일면인 슬픔이나 불행에는 전혀 눈길도 주지 않은 듯했다.

정신이 마침내 쇠하기 시작하는 커다란 전환기는 63세인 것으로 알려져 왔다. 그러나 펜토넬은 55세에서 76세까지가 가장 많은 열매를 맺은 시기라고 말했다.

예전에 애독했던 책을 다시 읽는 즐거움

뷔퐁은 70세가 되었을 때, 전에는 맛본 적이 없는 충실한 인생을 보냈다.

그는 그것에 대해서 다음과 같이 말했다.

“어리석은 노인이라면 과거를 되돌아봐도 후회밖에 떠오르는 것이 없을 테지만, 내게 떠오르는 것은 반대로 즐거웠던 추억들뿐이다. 그러한 것들은 젊은이들이 쾌락의 대상으로 삼는 것 이상으로 가치가 있다. 그와 같은 추억은 좋은 기억들만을 되살아나게 하기에 거기서 얻을 수 있는 것은 오로지 순수한 기쁨뿐이기 때문이다.”

프랑스의 한 모럴리스트는 “젊은이의 낙원은 만년이며, 노인의 낙원은 젊음이다.”라고 말했다. 틀림없이 젊었을 때는 시간의 흐름이 왜 그렇게 느리게 느껴지는지. 생일은 좀처럼 돌아오지 않으며 만년의 평온함은 먼 훗날의 일처럼 여겨진다. 그러나 나이를 먹을수록 생일의 간격은 점점 짧아진다. 그리고 어느 틈엔가 젊음이라는 낙원을 되돌아보고 추억에 빠져 그리움을 느끼게 된다.

만년에는 젊었을 때 열중했던 일을 다시 시작해보는 즐거움이 있다. 옛날에 애독했던 책을 다시 읽어보는 것은 특히 즐거운 일이다. 개중에는 예전에 즐겼던 스포츠나 취미를 떠올려 낚시나 원예, 식물채집에서 위안을 찾는 사람도 있다.

자연의 섭리는 참으로 멋진 것이다. 신체의 특정 기능은 어느 정도 다른 기능으로 대신할 수가 있다. 손상되지 않고 남아 있는 감각이 전보다 더욱 예민해져서 잃어버린 감각을 보충해 준다. 눈이 보이지 않게 되면 귀는 한층 더 잘 들리게 되며 또 만져 보기만 해도 대충 짐작을 할 수 있게 된다. 다섯 손가락은 마치 그것이 눈이라도 되는 것처럼 작용하며, 몸 전체로 보고 느낄 수 있게 된다. 그리고 쾌활함과 용기가 잃은 것의 일부를 충분히 보완해 준다. 따라서 설령 눈이 보이지 않게 된다 할지라도 평범한 사람과 다를 바 없이, 때로는 평범한 사람 이상으로 고독을 느끼지 않고 살아가게 되는 법이다. 때로는 빛을 잃음으로 해서 그 사람의 성격이 부드럽고 온화해지기도 한다.

인생의 길이는 '얼마나' 살았는가가 아니라 '어떻게' 살았는가로 결정된다

중년과 노년을 가르는 커다란 차이점은 정신이 여전히 성장할 여유를 가지고 있으며, 새로운 사상을 받아들일 만큼의 유연성이 있느냐 하는 점일 것이다. 하지만 예를 들자면 존슨 박사나 제임스 와트처럼 노년이 되어서도 미지의 언어를 배워 새로운 사상을 흡수한 노인들도 있다.

중년의 특권인 두뇌의 강인함을 여전히 잃지 않은 노인들도 결코 적지 않다.

프랑스 속담 중에 '청년에게는 경험이 없고, 노인에게는 힘이 없다.' 는 말이 있듯이 중년이 되고 노년이 되어 감에 따라서 정신은 더욱 원숙해져 간다. 모난 부분이 닳아 둥근 맛이 더해지고 배려하는 마음이 더욱 깊어진다.

하지만 세월의 길이만이 인생의 길이를 결정하는 것은 아니다. 개중에는 20년 만에 다른 사람의 100년분을 사는 사람도 있다. 결국 인생의 가치는 무엇을 하고 무엇을 느꼈는가에 따라서 결정되는 법이다. 많은 것을 할수록, 많은 것을 느낄수록 그만큼 더 많이 살았다고 말할 수 있는 것이다.

한편에는 불행한 결혼을 한탄하는 사람이 있는가 하면 다른 한편에는 고독을 주체하지 못하는 독신자가 있다. 그렇다, 독신인 사람은 결혼생활의 기쁨을 맛본 적이 없을 것이다. 그러나 동시에 결혼생활의 불행도 맛보지 못했다고 할 수 있다. 모든 기쁨에는 반드시 그에 따르는 대가가 있다는 사실을 잊어서는 안 된다.

2

죽음의 공포를
초월할 수 있는 유일한 방법

쾌활한 삶을 살다 기꺼이 이별을 고하고 평안하게 죽음을 맞이한 사람은 예전부터 결코 적지 않았다. 늙음은 우리가 깨닫지 못하는 사이에 가만히 우리 뒤에 다가와 있다. 그러나 개중에는 끝까지 동심을 잃지 않고 영원한 소년, 영원한 소녀처럼 일생을 마감하는 행복한 노인들도 있다.

1년에는 춘하추동 사계가 있으며 어느 계절이나 자신만의 아름다움으로 넘쳐 난다. 빛나는 봄, 영광의 여름, 수확의 가을, 그리고 성숙의 겨울. 자연은 해를 거듭할수록 새롭게 태어나며 그 수

확은 도처에 있다. 노년이 된 후의 행복이나 불행은 지난 인생의 결과에 지나지 않는다.

결국 죽음이란 그렇게 두려워해야 할 것이 아니다. 고대 로마의 검투사들이 로마 시민들의 오락을 위해서 목숨을 바친 것처럼 어떤 사람은 싸움을 위해서 목숨을 바친다. 사냥에 목숨을 거는 사람도 있다. 바다로 나가면 널빤지 한 장이 생사를 가르는 모든 것이 되기도 한다.

베이컨은 이렇게 말했다.

"죽는 것은 태어나는 것처럼 자연스러운 일이다. 무슨 일인가에 전념을 하다 죽는 사람은, 너무 흥분한 나머지 상처를 입은 것도 모르는 사람과 비슷하다. 다른 곳에 마음을 빼앗기면 상처의 아픔을 거의 느끼지 못하는 것처럼, 어떤 한 가지 일에 몰두해 있으면 죽음의 공포는 자연스럽게 줄어든다.

그리고 죽음에는 명성을 얻는 길의 문을 열어 주고, 주위의 시기심을 지워 버린다는 효과도 있다."

'죽음'이란 각본 없는 드라마다

자연은, 인생에 입구는 오직 하나밖에 만들어 두지 않았지만 출구는 여럿 준비를 해 두었다. 자연은 우리에게 생명을 불어넣었지만, 그것을 어떻게 사용할지는 각자의 손에 맡기고 떠나 버렸다. 그러나 생각지도 못했던 사고가 사람의 생명을 위협하고 때로는 그것을 앗아가는 경우도 있다.

옛날 그리스의 시인 아이스킬로스는 그의 대머리를 돌로 착각한 독수리가 내던진 거북이에 맞아서 목숨을 잃었다. 스파르타의 한 젊은이는 트로이의 용사인 헥토르와 닮았다는 소문을 듣고 몰려든 구경꾼들에 깔려 목숨을 잃었다.

화학자인 라부아지에는 프랑스혁명 때 단두대에서 처형당했다. 과학에 대한 위대한 공적도 자신의 목숨을 구하지는 못했던 것이다. '공화제는 과학자를 필요로 하지 않는다.' 는 이유에서였다. 페트라르카는 참으로 그답게 서재에서 펼쳐진 책의 페이지에 머리를 묻은 채 세상을 떠났다고 한다.

과학자 중에는 죽음 직전까지 학문에 대한 정열을 불태운 사람들도 적지 않다. 아르키메데스는 함락 직전의 시라쿠사 거리에서 로마 병사에 의해서 목숨을 잃었다. 길바닥에 기하학 도형을 그려 놓고 문제를 풀기에 정신이 없었기에 신변의 위험을 깨닫지 못했던 것이다.

실험과학의 제창자인 로저 베이컨은 자신의 길에 목숨을 바쳤다. 베이컨은 동물의 신체가 눈이나 얼음의 작용으로 부패하지 않는다는 사실을 실험으로 증명해 보이려 했다.

1626년, 이른 봄의 추운 날이었다. 하이게이트 근처에서 마차를 내린 베이컨은 예전부터 세웠던 계획을 실행에 옮기기 위해 근처에서 죽은 닭을 사다 거기에 눈을 채워 넣는 작업을 시작했다. 그러는 동안 그는 갑자기 오한을 느꼈다. 그것이 죽음의 전조였다. 하이게이트의 아룬델 백작의 저택으로 옮겨진 베이컨은 일주일도 지나지 않아서 목숨을 잃었다. 눈을 채워 넣은 닭이 마지막까지 머릿속에서 떠나지 않았다. 그 실험이 '대성공'이었다는 사실은 베이컨의 마지막 편지가 충분히 이야기해주고 있다.

인생은 '한 권의 책'이다

사람은 때로 죽기 직전에 일시적으로 정신적 고양을 보이는 경우가 있다. 주마등처럼 과거가 한순간에 되살아나고 정신이 물질에 대한 승리를 높이 외친다. 마치 꺼지기 직전의 촛불처럼 정신이 마지막 빛을 발해 지난 인생을 인상적인 말로 바꿔 놓는다.

시인이자 설교가인 찰스 피트 제프리의 기억할 만한 말로 이 책을 마무리 짓도록 하겠다.

"사람의 일생은 한 권의 책에 비유할 수 있다. 탄생이 표지이며 첫 울음소리는 독자에게 보내는 머리글, 유년 시절이 줄거리라면 소년 시절은 목차다. 일생의 언행이 모두 본문이 되며, 과오나 과실은 오자, 후회는 바로 정오표다.

두껍고 커다란 책도 있는가 하면 포켓판처럼 조그만 책도 있다. 어떤 책의 장정은 호화로우며 어떤 책의 장정은 소박하다. 튼튼하고 질이 좋은 종이를 쓴 것도 있는가 하면 얇고 값이 싼 종이로 때운 것도 있다. 경건함이나 신앙을 주제로 삼은 것은 많지 않으며 대부분은 변덕이나 어리석은 행동을 늘어놓은 소책자다.

그러나 어떤 책이라 할지라도 마지막은 '끝' 이라는 한마디로 마무리 지어진다. 사람의 일생도 그와 마찬가지다. 장수하는 사람이 있는가 하면 요절하는 사람도 있다. 건강한 일생이 있고 병약한 채로 보내는 일생도 있다. 평범한 인생을 보내는 사람도 있고 파란만장한 인생을 보내는 사람도 있다. 훌륭한 일생이 있고 어리석은 일생도 있다. 그러나 사람들은 모두 마지막에는 죽음으로 '끝'을 알리고 인생의 모든 페이지가 완결된다. 죽음은 모든 사람들의 에필로그다."